UNENDLICHER **SPASS**

W0047527

»UNENDLICHER SPASS« Vor einem Jahr nahm sich David Foster Wallace, einer der wichtigsten Vertreter der amerikanischen Literatur, das Leben. Sechs Jahre lang hat Ulrich Blumenbach an der Übersetzung von Wallaces opus magnum gearbeitet, dem größten Übersetzungsprojekt in der Geschichte des Verlags.

»Unendlicher Spaß« so nannte James Incandenza seinen Film, der Menschen, die ihn anschauen, so verhext, dass sie sich nicht mehr von ihm lösen können und dabei verdursten und verhungern. Sein Sohn Hal, ein Tenniswunderkind mit außergewöhnlichen intellektuellen Fähigkeiten, studiert an der Enfield Tennis Academy, die von seinem Vater gegründet wurde. Hier sowie im nahe gelegenen Ennet-House, einem Entziehungsheim für Drogenabhängige, spielt ein Teil der überbordenden Handlung, die jeden literarischen Kosmos sprengt – in einem leicht in die Zukunft versetzten Amerika, das mit Kanada und Mexiko die »Organisation der nordamerikanischen Nationen« bildet und von radikalen Separatisten in Kanada bekämpft wird.

1996 erschien »Infinite Jest« in den USA und machte David Foster Wallace über Nacht zum Superstar der Literaturszene. Nicht allein der schiere Umfang, sondern vor allem die sprachliche Kreativität, die ungeheure Themenvielfalt, die treffsichere Gesellschaftskritik, scharfe Analyse sowie der Humor machen den Roman zum Meilenstein der amerikanischen Literatur. Namhafte Autoren von Dave Eggers bis Jonathan Franzen sehen in diesem Buch ein Vorbild für ihr Schaffen. Ulrich Blumenbach hat sechs Jahre lang an der Übersetzung gearbeitet, und seine kongeniale Übertragung ins Deutsche gibt nun endlich deutschsprachigen Lesern die Möglichkeit, das Buch kennenzulernen.

»*Alles und noch mehr* könnte eine Beschreibung dieses Romans sein.« Don DeLillo

DER AUTOR David Foster Wallace, 1962 geboren, gilt als einer der wichtigsten Vertreter der amerikanischen Literatur. Er studierte Philosophie und unterrichtete zuletzt Creative Writing am Pomona College in Claremont, Kalifornien. Zahlreiche Veröffentlichungen. David Foster Wallace starb am 12. September 2008.

DER ÜBERSETZER Ulrich Blumenbach, geb. 1964 in Hannover, arbeitet als Übersetzer u.a. von Stephen Fry, Arthur Miller und Will Self. Lebt in Basel.

DAVID FOSTER WALLACE

UNENDLICHER SPASS

ZUSATZMATERIAL

KIEPENHEUER & WITSCH

1. Auflage 2009

© 2009 by Verlag Kiepenheuer & Witsch GmbH & Co. KG, Köln
Alle Rechte vorbehalten. Kein Teil des Werkes darf in irgendeiner Form
(durch Fotografie, Mikrofilm oder ein anderes Verfahren) ohne schriftliche
Genehmigung des Verlages reproduziert oder unter Verwendung
elektronischer Systeme verarbeitet, vervielfältigt oder verbreitet werden.
Umschlaggestaltung: © Tom Ising für Herburg Weiland
Autorenfoto: © Gary Hannabarger/Corbis
Gesetzt aus der Aldus und der Helvetica Condensed Black
Satz: Pinkuin Satz und Datentechnik, Berlin
Druck und Bindearbeiten: CPI – Clausen & Bosse, Leck
ISBN 978-3-462-04175-0

INHALT

ULRICH BLUMENBACH

AM FUSS VOM TEXT

ODER: WIE ICH
INFINITE JEST LIEBEN
UND TROTZDEM
ÜBERSETZEN LERNTE

für frank gebhardt,
den initialzünder

VERSUCHT MAN, David Foster Wallaces *Infinite Jest* vorzustellen, steht man vor dem Dilemma, ob der Komplexität des Romans unverständlich zu werden oder den Text zu vereinfachen. Wie kommt man aus dem Dilemma heraus? Man beruft sich auf einen zen-buddhistischen Koan: »Wenn du an einen Kreuzweg kommst, dann beschreite ihn.« Wohlan. Ich beginne die Annäherung vorn. Beim Titel. Der zitiert Hamlet. Der dänische Prinz sagt am Grab des väterlichen Hofnarren: »Alas! poor Yorick. I knew him, Horatio; a fellow of infinite jest, of most excellent fancy.«[1] In *Infinite Jest* ist »Infinite Jest« der Titel eines Films, den James O. Incandenza[2] gedreht hat, ein Avantgarderegisseur in

1 William Shakespeare, *Hamlet, Prince of Denmark* V.i.201. Shakespeare-Zitate werden in deutschen Übersetzungen meist auf die Ausgabe von Schlegel und Tieck umgeschrieben. August Wilhelm Schlegel übersetzt die entscheidende Wendung mit einem biederen »unendlicher Humor«. Da der sogleich erwähnte James O. Incandenza aber eher zu schwarzer Komik neigt, ziehe ich Erich Frieds Version »Unendlicher Spaß« vor.

2 Im Roman oft abgekürzt als JOI, u. a. ein Verweis auf die psychoanalytische Hermeneutik Jacques Lacans; das soll irgendwie mit *jouissance* oder so zu tun haben; ich hab's nicht ganz kapiert und bitte entsprechend disponierte Leser, sich vertrauensvoll an Marshall Boswell zu wenden (*Under-*

der Nachfolge von Hollis Frampton[3], James Broughton, Maya Deren und anderen. Der Film bereitet seinen Betrachtern solche Lust, dass sie sich in der Regel sofort Endlosschleifen[4] einrichten, über der Betrachtung Es-

standing David Foster Wallace, University of South Carolina Press 2003), der schreibt da in seinem 4. Kapitel total kluge Sachen zu.

3   Die namentliche Nennung Framptons im Roman spielt auf eines von Wallaces auffälligsten Stilmitteln an. Frampton drehte in den Jahren 1971/72 sieben Filme unter dem Sammeltitel *Hapax Legomena.*[a] Hapax Legomena, Wörter also, die nur ein einziges Mal in der Literatur vorkommen, baut Wallace hingebungsvoll in den Roman ein, wobei er gern zu Wörtern Zuflucht nimmt, die auch von großen enzyklopädischen Wörterbüchern nur selten lemmatisiert wurden; vgl. dazu Anm. 24.

a   I: *Nostalgia* (1971), II: *Poetic Justice* (1972), III: *Critical Mass* (1971), IV: *Travelling Matte* (1971), V: *Ordinary Matter* (1972), VI: *Remote Control* (1972) und VII: *Special Effects* (1972).

4   Das Möbiusband[a, b] ist nur eine der Metaphern zur Beschreibung von *Infinite Jest.* Eine andere ist die der mandelbrotschen Selbstähnlichkeiten[c]. Die Übertragung der fraktalen Geometrie aufs Erzählverfahren ist plausibler, denn sie veranschaulicht Wiederholungsmuster des Romans: Die Plots von Incandenzas Filmen, die Wallaces Anmerkung 24 summarisch auflistet, werden beispielsweise an anderen Stellen des Romans ausführlich nacherzählt.

a   eine zweidimensionale Fläche mit nur einer Seite, die entsteht, wenn man ein langes, rechtwinkliges Papierband nimmt, dessen Enden um 180 Grad gegeneinander verdreht und anschließend die Bandenden zu einer Schlinge zusammenklebt. Wallace gelingt gelegentlich die Konstruktion syntaktischer Möbiusbänder. Wenn er etwa von »der Droge« spricht, »die

14

sen, Trinken, Schlafen und Körperhygiene vergessen und am Ende jämmerlich krepieren.

Und wo findet das alles statt? *Infinite Jest* spielt in einer nahen Zukunft, in der die USA, Kanada und Mexiko einen Staatenbund namens *Organization of North American Nations* gebildet haben. Die Bezeichnung dieses Bundes wird meist zu O.N.A.N. oder »Onan« abgekürzt, und Onanie, freundlicher gesagt, die Beschäfti-

einem so lange die Schmerzen gelindert hat, die von Verlusten herrührten, die die Liebe zu diesem Linderungsmittel verursacht hatte«, dann ist die Droge des Satzanfangs so wenig identisch mit der vom Satzende*, wie man nach der vollen Umrundung »von diesen involuierten Spiralen« je »irgendwo hinkommt«[†].

* Gertrude Steins *a rose is a rose is a rose* darf natürlich mitgedacht werden.

† David Foster Wallace, »Neon in alter Vertrautheit«, übersetzt von Ulrich Blumenbach, 197–255 in: *In alter Vertrautheit,* aus dem amerikanischen Englisch von Ulrich Blumenbach und Marcus Ingendaay, Köln: Kiepenheuer & Witsch 2006, S. 255.

b *Möbiusbänder* ist der Titel eines weiteren Films von Incandenza.

c Der aus Polen stammende französische Mathematiker Benoit B. Mandelbrot entwickelte ein Computerprogramm, mit dem sich die Ergebnisse aus der Iteration graphisch darstellen ließen. Der Rechner erzeugte zunächst eine komplexe Grundfigur, das sogenannte »Apfelmännchen«. Wenn Mandelbrot Teile dieser Figur graphisch ausschnitt und mit Hilfe des Programms neu berechnen ließ, lieferte ihm der Computer zu seiner Überraschung ein Muster, das der Grundfigur sehr ähnlich war. Mandelbrot prägte hierfür den Begriff der Selbstähnlichkeit.

gung mit sich selbst, bildet eines der großen Themen des Romans. Die Verlagerung der Romanhandlung in die Zukunft nutzt Wallace zu herrlich satirischen Überzeichnungen von Entwicklungen der Gegenwart.[5] Schon auf der ersten Seite stößt man auf die zunächst unverständliche Überschrift »Year of Glad». Im Lauf der Lektüre stellt sich heraus, dass unsere julianisch-/ gregorianische Zeitrechnung durch die sogenannte »Sponsorenzeit« abgelöst worden ist. Amerikanische Konzerne können sich vom Staat ein Jahr kaufen und nach ihren Produkten benennen. Wallace gibt den Jahren nun sehr profane Produktnamen. Das *Year of Glad* der ersten Seite heißt so nach einer weitverbreiteten Müllbeutelmarke, dann gibt es aber auch noch *The Year of Dairy Products from the American Heartland* sowie *The Year of the Whopper.* Die meisten Ereignisse finden im *Year of the Depend Adult Undergarment* statt, das wahrscheinlich unserem Jahr 2009 entspricht und das ich mit »Jahr der Inkontinenz-Unterwäsche« über-

---

5 Dieses satirische Element wird vor dem realhistorischen Hintergrund stellenweise nicht mehr wahrgenommen. An der Tatsache beispielsweise, dass Johnny Gentle, der Präsident der USA, ein ehemaliger Schnulzensänger aus Las Vegas ist, merkt man, dass der Roman dreizehn Jahre alt ist: 1996 war nur erst der drittklassige Westerndarsteller Ronald Reagan zu politischen Ämtern und Würden gelangt. Inzwischen haben die Staaten den ehemaligen Wrestling-Star Jesse Ventura als Gouverneur von Minnesota überstanden, den kalifornischen Gouverneur stellt seit 2003 der ehemalige Mister Universum Arnold Schwarzenegger, und im Herbst 2006 kandidierte der abgehalfterte Country-Sänger Kinky Friedman für das Amt des Gouverneurs von Texas.

setzt habe. Zur Burleske überzeichnet wird dieser völlig entfesselte Kapitalismus, wenn die Freiheitsstatue jedes Jahr mit dem entsprechenden Produkt garniert wird. Im Jahr der Inkontinenz-Unterwäsche trägt sie eine riesige Erwachsenenwindel.

Als Übersetzer unternehme ich eine Gratwanderung, wenn ich dem Original treu bleiben möchte, ohne dem deutschen Leser Informationen vorzuenthalten. Wieviel Erläuterung verträgt eine Übersetzung? Der Markenname »Glad« ist im Deutschen unbekannt, wenn ich ihn also englisch stehen lasse, wird die Bezeichnung als verkürztes »Jahr des Fröhlichseins« oder Ähnliches missverstanden. Ich habe behutsam parafrisiert und vom »Jahr des Glad-Müllbeutels« gesprochen. An anderer Stelle habe ich die Uneindeutigkeit oder besser eine Unentscheidbarkeit stehen gelassen. *The Year of the Trial-Size Dove Bar* etwa heißt auch im Deutschen nur »Jahr der Dove-Probepackung«. »Dove« kann sich auf eine Seifenmarke oder auf einen Schokoladenriegel beziehen, und in der Wallace-Newsgroup[6] gab es vor einigen Jahren leidenschaftliche Debatten darüber, welcher der beiden Artikel gemeint sei, und wenn sich schon die Amerikaner nicht einig werden können, werde ich mich hüten, die Sache zu vereindeutigen.

Mit der Fortschreibung von Gegenwartstrends in die Zukunft kommt es im Roman auch zu technologischen Neuerungen vor allem auf dem Gebiet der Informati-

6 http://www.waste.org/mail/?list=wallace-l

onstechnologie. Um noch eine Jahresbezeichnung als Beispiel heranzuziehen: Es gibt da ein unaussprechlich langes *Year of the Yushityu 2007 Mimetic-Resolution-Cartridge-View-Motherboard-Easy-To-Install Upgrade For Infernatron/InterLace TP Systems For Home, Office Or Mobile* (sic), auf deutsch das »Jahr des Yushityu 2007 Mimetische-Auflösung-Patronensicht-Hauptplatine-Leicht-Zu-Installieren Upgrades Für Infernatron/InterLace TP-Systeme Für Heim, Büro oder Unterwegs *(sic)*«.[7] (Man stelle sich vor, das ein Jahr lang in jeden Briefkopf schreiben zu müssen.) Zunächst versteht man nur Bahnhof: Was bedeutet hier *cartridge?* Was heißt *InterLace?* Was sind *TP Systems?* Da die Begriffe Wallaces Figuren bekannt sind, erläutern sie sie nicht[8], sondern benutzen sie als Alltagsbezeichnungen wie wir

7   Der Zusatz *sic* ist der einzige Teilsieg, den die Militanten Grammatiker von Massachusetts[a] beim juristischen Kampf gegen die Kalenderreform erwirken konnten.

   a   Die MGM, die schon bei den berüchtigten Sprachausschreitungen des Jahres 1997 eine aktive Rolle spielten, sind »eine universitäre Bürgerinitiative, die die massenmediale Syntax kontrollierte, fischlippige Schönschwätzer von der Académie Française einlud, die sich mit gerolltem R über präskriptive Sprachpflege ausließen, und Marathon-Gruppenlesenächte etwa von Orwells ›Politik und die englische Sprache‹ abhielt«.

8   Das wäre ja auch bescheuert: »[W]enn man das laufend wiederholt & des langen und breiten ausmalt, erinnert es an schlechte Science Fiction, bei der die Außerirdischen immerzu auf ihre Schädelantennen anspielen, die, sofern sie & die Erzählstimme wirklich und wahrhaftig außerirdisch /

»Diskette«, »Kabelfernsehen« und »Computer«, und ungefähr darum geht es auch: Unser Kabelfernsehen und unsere Telefonnetze sind in der Welt des Romans zu einer Einheit verschmolzen, dem InterLace-Netz, es gibt ein neues Speichermedium namens *cartridge,* was ich mit »Patrone« übersetzt habe[9], und der »Teleputer«[10] dient sowohl dem Fernsehen als auch der Datenverarbeitung.

außerirdisch-gepolt wären, ebenso unhinterfragter & banaler Allerweltskram wären wie Ohren oder Nasen oder Haare.«[a] David Foster Wallace, »Das leere Plenum. Versuch über David Marksons Roman *Wittgenstein's Mistress*« (1990), übersetzt von Gerd Burger, *Schreibheft* Nr. 60 (April 2003), S. 86–101, S. 95.

a   »Das ist keine von mir geprägte Analogie, aber mir fällt keine bessere ein, auch wenn der Vergleich nicht übermäßig zutreffend ist; mir jedenfalls leuchtet die darin enthaltene These ein, & ich bin sicher, Ihnen geht es ebenso – schließlich schrillen sofort die Alarmglöckchen, wenn die Erzählstimme offenkundig mit dem Leser kommuniziert, während sie vorgibt, dies nicht zu tun, man nehme etwa einen Dialog wie diesen hier: ›Mein Lord Cragmont, das Purpurrot Eurer Tätowierung mit dem Wort MUTTER sieht sogar noch greller aus vor Eurer im Gefängnis erworbenen aschfahlen Blässe, nachdem nunmehr die Blutzirkulation wieder in den Beinen funktioniert, die Ihr so bös verletzt habt, als Ihr in jener lauen, gleichwohl irgendwie kühlen Nacht im Jahre 1979 versuchtet, auf [sic!] Decatur IL schneller zu rennen als jener aus 74 Waggons bestehende Güterzug, der Weizen geladen hatte‹ – ›bescheuert‹ ist in etwa die beste Analyse für derlei Blödsinn.« (Anm. DFW)

9   Das Wort an sich ist ja kein Neologismus, sondern nur mit einem neuen Inhalt gefüllt worden.

10 Dafür nämlich steht die Abkürzung »TP«.

Welche Handlung entspinnt sich nun in diesem Zukunftsuniversum? Mit welchen Figuren haben wir es zu tun? Ein Teil des Plots dreht sich um frankokanadische Terroristen und US-amerikanische Geheimagenten; die Terroristen wollen eine Kopie des letal lustvollen Films »Infinite Jest« in das US-amerikanische Fernsehnetz alias InterLace-System einspeisen, die USA destabilisieren und letztlich die Unabhängigkeit von Québec erreichen, den Austritt aus der O.N.A.N. Zwei Hauptfiguren des Romans sind Hal Incandenza und Don Gately. Hal Incandenza ist der Sohn des Regisseurs James Incandenza, Don Gately ist ein ehemaliger Einbrecher und Drogenabhängiger. Hal Incandenza lebt im Jahr der Inkontinenz-Unterwäsche in der Enfield Tennis Academy, wo er zum Roger Federer seiner Generation herangezüchtet wird.[11] Don Gately lebt und arbeitet in Ennet House, einer Entzugsanstalt für Alkoholiker und Drogenabhängige. Die beiden Hauptschauplätze des Romans verbindet eine Reihe von Oppositionsrelationen, die jedem klassischen Strukturalisten das Herz im Leibe springen lassen müssten: Die Tennisakademie liegt auf der Hügelspitze von Enfield, einem imaginären bzw. untergegangenen Stadtteil von Boston[12], und

11 Das Namedropping ist kein Zufall: Wallace hat am 20. August 2006 in der *New York Times* einen Essay über Federer veröffentlicht, dessen deutsche Übersetzung durch Matthias Fienbork erst im *Magazin* vom 21. Oktober 2006 und dann gekürzt im *Spiegel* vom 6. November 2006 erschienen ist.

12 Laut Stephen Burn (*David Foster Wallace's* Infinite Jest. *A Reader's Guide,* New York / London: Continuum 2003, S. 55) wurde das reale Enfield im August 1939 geflutet, als

wird vornehmlich von reichen weißen Kids besucht, die Entzugsanstalt liegt im Schatten des Hügels drunt' im Tal und wird vornehmlich von armen Schwarzen und Latinos frequentiert. Im Lauf des Romans kommt es natürlich zu zahllosen Osmosen und Vernetzungen zwischen beiden.

Aber zurück zur Übersetzung und ihren Problemen. Zu Wallaces Stilprinzipien gehört die Maxime ›Schreib nie einen kurzen Satz, wenn's auch ein langer tut‹. Vielfach verschachtelte Sätze, neben denen sich Thomas Mann oder Marcel Proust wie Ernest Hemingway lesen, tauchen gehäuft auf, wenn Figuren ermordet werden, was meist mit großer Liebe zum Detail geschildert wird. Beim Übersetzen englischer Syntax stellt sich allgemein das Problem der Partizipialkonstruktionen, die im Deutschen auf dreierlei Weise aufzulösen sind, durch Nebensätze, Appositionen und Substantivierungen. Ein Patentrezept liefert keines der drei Verfahren: Nebensätze eignen sich wenig, weil sie die Komplexität eines Satzes weiter steigern, Appositionen funktionieren nur bei eindeutigen Bezugswörtern, und übermäßige Substantivierungen, die oft auf Genitivkonstruktionen hinauslaufen, gelten im Deutschen als schlechter Stil. In der folgenden Passage ist Don Gately – noch in seiner Zeit als Einbrecher, also in einer Rückblende[13] –

der Fluss Swift zum gut 100 km² großen Stausee Quabbin aufgestaut wurde, der den Bostoner Ballungsraum mit Wasser versorgt.

13 Ach, 'tschuldigung, das hab' ich oben zu erwähnen vergessen: Wallace erzählt nicht entlang der Chronologie der

in das Haus von Guillaume DuPlessis eingedrungen, der erstens zufällig zu Hause ist, zweitens der Koordinator verschiedener Untergrundzellen der erwähnten frankokanadischen Terroristen und drittens schwer erkältet. Don Gately knebelt ihn, und da DuPlessis nur französisch und Don Gately nur englisch spricht, kann DuPlessis ihm nicht klarmachen, warum er nicht geknebelt werden möchte:

Und der gefesselte und keuchende Kanadier im Kunstseidenpyjama – die rechte Hand des wahrscheinlich verrufensten Anti-O.N.A.N.-Organisators nördlich der Großen Konkavität, der Stellvertreter und verlässlich beratende Troubleshooter, der sich selbstlos bereit erklärt hatte, mit seiner Familie in die brutal amerikanische Region von Metro-Boston zu ziehen, um als Koordinator und allgemeiner Einpeitscher der rund sechs feindseligen und gegeneinander intrigierenden Gruppen Québecer Separatisten und Ultrarechten aus Alberta zu agieren, die einzig die fanatische Überzeugung einte, das »Geschenk« oder die »Rückgabe« der sogenanntermaßen »umstrukturierten« Großen Konvexität durch die Experialistischen USA an ihren nördlichen Nachbarn und O.N.A.N.-Verbündeten habe der kanadischen Souveränität, Ehre und Hygiene einen unzumutbaren Schlag

Ereignisse, sondern springt zwischen den Jahren der Sponsorenzeit wild hin und her. Das Jahr des Glad-Müllbeutels, in dem die erste Passage des Romans spielt, ist das letzte Jahr vor der Wiederabschaffung der Sponsorenzeit.

versetzt, dieser Hausbesitzer, zweifellos ein V.I.P., obgleich eingestandenermaßen eher ein Geheim-V.I.P., genauer und französisch gesagt wahrscheinlich ein »P.I.T.«[14], dieser so sanftmütig wirkende kanadische Terroristenkoordinator – an seinen Stuhl gefesselt und sorgfältig geknebelt allein im kalten Küchenneonlicht[15], rhinoviral infiziert und mit Geschick und Qualitätsmaterialien

14   »Vermutlich ›*Une Personne de l'Importance Terrible*‹.« (Anm. DFW)[a]

    a   In *Infinite Jest* entziehen die Anmerkungen, die zumal in geisteswissenschaftlichen Texten der humanistischen Gepäckaufbewahrung dienen, dem Leser die Bodenhaftung im fiktionalen Raum[*]; sie sind Wallaces Version des *unreliable narrator;* teilweise widersprechen sie dem im Haupttext Behaupteten und konfrontieren es mit anderen Wahrheiten.

        *   Anders in den *Kurzen Interviews mit fiesen Männern*, wo Anmerkungen und zwar besonders die Anmerkungen zu Anmerkungen in der Erzählung »Die depressive Person« ein geniales Verfahren zur literarischen Umsetzung der Denkprozesse der Hauptfigur darstellen: Diese versteigt sich in Gedankenschleifen, an die sich neue pathologische Gedanken anlagern, die ihrerseits Schleifen bilden, an die sich dann wieder … usw. usf.: der ganze infinite Regress des Narzissmus.

15   »Neonlicht ist in Québec verboten, ebenso computerisierte Kundenwerbung am Telefon, die kleinen Werbekarten, die aus Zeitschriften fallen und beim Aufheben angesehen und in den Müll geworfen werden müssen, sowie der Verkauf von Produkten oder Dienstleistungen unter Berufung auf religiöse Feiertage; auch dies alles Gründe, warum die Bereitwilligkeit, hierher zu ziehen, selbstlos war.« (Anm. DFW)

geknebelt – dieser Typ, dem der Kampf, ein verstopftes Nasenloch teilweise freizubekommen, im Zwischenrippenraum interkostale Ligamente zerrissen hatte, musste schnell feststellen, dass auch dieser nadelstichdünne Luftweg vom unablässigen lavagleichen Schleimfluss wieder blockiert wurde, musste weitere Ligamente zerreißen, um sich das andere Nasenloch zu erschließen und so fort; nach stundenlangem Ringen mit Flammen in der Brust und Blut auf Lippen und weißem Trockentuch vom verzweifelten Bemühen, das Tuch mit der Zunge am Klebeband, allerdings Qualitätsklebeband, vorbeizudrücken, voll überschwänglicher Hoffnung, als es an der Tür klingelte, und am Boden zerstört, als die Person an der Tür, eine junge, Kaugummi kauende Frau mit Klemmbrett, die als Treueprämie für mindestens sechsmonatige Mitgliedschaft in einer Bostoner Kette UV-freier Bräunungsstudios Werbecoupons für Happy-Holidays-Rabatte anbot, in ihrem Parka nur die Schultern zuckte, auf dem Klemmbrett etwas abhakte und vergnügt die lange Auffahrt zur pseudoländlichen Straße wieder hinabging, nach einer so verbrachten Stunde oder mehr, nach unbeschreiblichen Qualen – ein langsamer Erstickungstod, schleimbedingt oder nicht, ist nicht gerade ein Ausflug zum Montréaler Tulpenfest –, an deren Gipfel, dem abklingenden Donner seines Schädelpochens lauschend und dem Schrumpfen seines Gesichtsfeldes zusehend, als sich eine rote Blende einwärts um sein Augenlicht schloss, an deren Gipfel also der Québecer P.I.T. trotz sei-

ner Pein und Panik nur noch denken konnte, wie wahrhaft dumm und albern es doch war, nach all der Zeit, auf diese Weise, zu sterben, ein Gedanke, der durch Tuch und Klebeband bedingt keinen Ausdruck fand in dem reuigen Grinsen, mit dem die besten Männer dem dümmsten Ende begegnen, verblich dieser Guillaume DuPlessis bläulich und saß da auf dem Küchenstuhl, 250 km östlich von wirklich sensationellem Herbstlaub, fast zwei Nächte und Tage lang in zunehmend militärischer Haltung, weil die Leichenstarre einsetzte, und seine nackten Füße erinnerten infolge der Lividität an violette Brotlaibe; und als endlich die Ordnungshüter von Brookline herbeigerufen worden waren und ihn von dem kalt beleuchteten Stuhl losbanden, mussten sie ihn in sitzender Haltung hinaustragen, so militärisch comme il faut waren seine Glieder und sein Rückgrat erstarrt.

Was sollen solche mäandrierenden Satzperioden? In diesem Fall erzielen sie eine schlichtweg geniale Verklammerung von Form und Inhalt. Satzzeichen waren früher Atemzeichen. Am Punkt holte man Luft. Ohne Punkt kann man nicht Luft holen. Man bekommt dieselbe Atemnot wie DuPlessis. Aber gibt es einen tieferen Grund, Leser[16] mit solchen Bandwürmern zu quälen? Ja. Wallaces große These ist, salopp gesagt und extrem

---

16   … und Übersetzer: Die Rohübersetzung des Satzes dauerte einen Tag, das Zurechtschleifen und -polieren der syntaktischen Anschlüsse einen halben, und das Ergebnis wurde beim Zürcher Übersetzertreffen wiederholt diskutiert.

vereinfacht, die von Neil Postman von vor 20 Jahren: Wir amüsieren uns zu Tode. Weniger platt gesagt, setzt er sich damit auseinander, dass die gesamte amerikanische Kultur nur noch auf Entertainment aus ist. Der Roman konzentriert sich auf den Unterhaltungsfimmel der Spaßgesellschaft.[17] Dass die Utopie der USA nur noch ein Land der unbegrenzten *Einkaufs*möglichkeiten verheißt, das pfeifen die Schriftsteller des Landes schon länger von den Dächern. Wallace zerstört außerdem den Glauben, der Konsum etwa von Drogen könne noch Spaß machen oder Erfüllung bringen. Die polytoxikomanen Exzesse der Triebbefriedigung sind in der Regel nur Mechanismen der Flucht vor der Einsamkeit, der inneren Leere, der Depression. Auf die Vielfalt passiver Unterhaltungsformen im heutigen Populärkulturbetrieb, die den Selbstverlust des Einzelnen fördern, reagiert Wallace, indem sich sein Roman der passiven Konsumierbarkeit widersetzt. Damit sich der Leser gerade *nicht* unterhält, erschwert der Autor ihm die Lektüre – durch extrem lange Sätze, durch innere Monologe von Junkies und geistig Minderbemittelten, durch seitenlange Aufzählungen körperlicher Miss-

---

17 Wenn Sie's noch unplatter möchten, greifen Sie doch bitte schön zu den *Schreibheften* Nr. 55 und 56, da hab' ich das alles nämlich abgeschrieben: »Das Kabel im Kopf. David Foster Wallace im Gespräch mit David Wiley« (1997), übersetzt von Gerd Burger, *Schreibheft* Nr. 55 (November 2000), S. 93–99, sowie David Foster Wallace, »E Unibus Pluram. Das Fernsehen und der amerikanische Roman« (1990/93/97), übersetzt von Marcus Ingendaay, *Schreibheft* Nr. 56 (Mai 2001), S. 133–52.

bildungen und durch Elemente von Sportreportagen, Satiren, Abhandlungen, Roten Listen, Junkieprosa und psychotherapeutischem Jargon, die dem Leser ständiges Umschalten abverlangen, auch weil sich Wallace dabei diverser Fachsprachen bedient (Filmwissenschaft, Pharmakologie, Architektur, Mathematik u. v. a.).[18]

Zu diesen Problemzonengrenzgebieten gehört auch das Einspeisen seltener Wörter und Begriffe. Wallace war schon als Jugendlicher ein begeisterter Leser des *Oxford English Dictionary*[19], und nach dem Motto »im einzelfall macht fremdheit frei«[20] machte er sich dann einen

18 Gemäß seinem Prinzip der Unterhaltungsabstinenz verfremdet Wallace die englische Sprache, er schreibt leserfeindlich. Ich dagegen bin Lutheraner[a] und möchte meine Übersetzung leserfreundlich gestalten. Diese Spannung zwischen Autor und Übersetzer wird fruchtbar, denn sie zwingt zu längerem Abwägen vor der Entscheidung für ein Wort, für eine Wendung, für einen Satz.

    a »[M]an muß nicht die Buchstaben in der lateinischen Sprache fragen, wie man soll Deutsch reden [...], sondern man muß die Mutter im Hause, die Kinder auf der Gassen, den gemeinen Mann auf dem Markt drum fragen, und denselbigen auf das Maul sehen, wie sie reden und darnach dolmetschen; da verstehen sie es denn und merken, daß man deutsch mit ihnen redet.« (Martin Luther, »Sendbrief vom Dolmetschen« [1530], 14–32 in: Hans Joachim Störig [Hg.], *Das Problem des Übersetzens*, Darmstadt: Wissenschaftliche Buchgesellschaft 1963, S. 21.)

19 Übrigens genauso wie der autobiographisch angelegte Hal Incandenza.

20 Ulf Stolterfoht, *fachsprachen i–ix* (1998), Basel / Weil am Rhein / Wien: Urs Engeler Editor 2005, S. 44. Die Anrei-

Spaß daraus, dem Roman Begriffe zu integrieren, die *nicht* einmal im *OED* stehen. Seine entlegensten Wörter finde ich oft nur in längst ausrangierten Wörterbüchern. Da wird beispielsweise ein Mann als *ascapartic* beschrieben. *OED:* Fehlanzeige. *Großer Muret-Sanders* von 1962? Pustekuchen. *Webster's Unabridged Dictionary?* Denkste. Dann habe ich in einem Antiquariat durch puren Zufall den Muret-Sanders in der Ausgabe von 1906 gefunden, und was steht da?: »Ascapart«: »in alten Romanzen ein gewaltiger Riese, den Bevis of Hampton besiegte«. Aha! Bingo!! Heureka!!![21]

cherung des Romans mit im Wortsinn erlesenen Vokabeln führt einerseits dazu, dass der Leser manchmal schlicht und einfach nicht weiß, wovon die Rede ist. Paradoxerweise literarisiert Wallace aber durch die schiere Sinnlichkeit präzisen Wortmaterials auch unangenehme Szenen; die Schilderung eines epileptischen Anfalls etwa wird zu einem expressionistischen Feuerwerk. Man mag das Detailfetischismus oder Virtuositätsexhibitionismus nennen, auf jeden Fall macht dieser unendliche Reichtum der Durchführung das Glück des Übersetzens von *Infinite Jest* aus: Ich darf wie nie zuvor aus der vollen Ausdruckskraft der deutschen Sprache schöpfen.

21 Geht man dem Eigennamen »Ascapart« nach, findet man Verweise auf William Shakespeares in den Jahren 1590–92 entstandene Historie *The Second Part of King Henry VI.* In den gängigen Werkausgaben ist die Passage nicht aufzufinden, und man muss bis zur Quarto-Ausgabe von 1594 zurückgehen, in der es in der Tat heißt: »As Beuys of South-hampton fell vpon Askapart« (*The First Part of the Contention betwixt the Two Famous Houses of York and Lancaster,* Faksimile von William Montgomerys Exemplar der Folger Shakespeare Library, Oxford: Malone Society

Wallace schickt einen bei diesem Worttransport gern in die Irre, er steuert einen ›Desorient-Express verbaler Extravaganz‹, wie ein Kritiker das mal nannte[22]: Bei Orin Incandenza, dem Bruder von Hal, krabbeln Küchenschaben aus der Dusche: »*Blattaria implacablus* or something.« *Blattarius* heißt korrekt »zur Schabe gehörig«, der Rest ist Wallaces Erfindung; das lateinische *implacabilis* bedeutet »unversöhnlich«, Orin wird im Badezimmer also von unversöhnlichen Schaben bedroht.[23, 24]

Reprints 1985, erneut 376–407 in: *King Henry VI. Part 2*, hg. von Ronald Knowles, Oxford: Thomson Learning 1999 [The Arden Shakespeare]). John E. Jordan stellt die These auf, der Schauspieler, der den Horner spiele, sei hier der Berichterstatter und habe Bevis geheißen (»The Reporter of *Henry VI, Part 2*«, *Publications of the Modern Language Association* 64 [1949], S. 1089–1113). Die Anspielung auf den Helden der seinerzeit beliebten Romanzen sei für spätere Besetzungen ungeeignet gewesen. Aber das ist ein weites Feld, Luise.

22 Toon Theuwis, *The Quest for* Infinite Jest. *An Inquiry into the Encyclopedic and Postmodernist Nature of David Foster Wallace's* Infinite Jest, unveröff. Diss. Gent 1999, S. 6.

23 Die amerikanische Großschabe heißt zoologisch korrekt übrigens *Periplaneta americana* – nur damit Sie *yet another bit of useless information* schwarz auf weiß haben.

24 Leider ist Wallaces Rarwortgestöber (vgl. dazu schon Anm. 3) nicht immer durch sorgfältige Recherche zu durchdringen oder aber als Leserverarsche zu durchschauen: Der Begriff *acervulus* beispielsweise taucht im Muret-Sanders näherungsweise in *acervuline* auf, »häufchenartig«; der *Webster's* kennt den Begriff aus der Pilzkunde und glossiert ihn mit *in certain fungi an asexual fruiting body con-*

Nach den Ausführungen zu Wörtern und Sätzen noch ein paar Bemerkungen zu den Figuren und ihrer stilistischen Charakterisierung. Allein mit Hal Incandenza und Don Gately ließe sich kaum ein tausendseitiger Roman bestreiten, und so füllen sich die Bühnen von *Infinite Jest* mit einer riesigen Besetzung: Terroristen, Geheimagenten, Tennisspieler, Drogenabhängige, Filmwissenschaftler, Anonyme Alkoholiker, Politiker, Ärzte, Psychologen und Sozialarbeiter. Viele von ihnen lässt Wallace mit eigener Stimme zu Wort kommen. Eine der ersten Passagen, in der sich diese Vielstimmigkeit Gehör verschafft, wird von einer jungen Afroamerikanerin namens Clenette erzählt und dreht sich um ihre Halbschwester Wardine. Beide sind Nebenfiguren des Romans. Wardine taucht nie selber auf, ihre Geschichte wird nur hier erzählt, und sie hat keinerlei Relevanz für den Roman oder die Interaktionen anderer Figuren.

Wardine say her momma aint treat her right. Reginald he come round to my blacktop at my building where me and Delores Epps jump double

sisting of a mat of hyphae that give rise to short-stalked conidiophores; da der Begriff bei Wallace in einem Katalog körperlicher Missbildungen auftaucht, liegt der Griff zum *Roche-Lexikon Medizin* nahe; dieses wiederum kennt nur den *Acervulus cerebri* und meint damit den »weißgelbbräunlichen, oft maulbeerförmigen ›Hirnsand‹ (aus Glucoproteiden, Calcium- und Magnesiumsalzen) vor allem in der Epiphyse und im Plexus choroideus». Ja, und wofür entscheide ich mich nun? – Dann wieder verbirgt sich hinter dem Gesuchten gar kein entlegenes Wort, sondern nur ein von ungebildeten Romanfiguren falsch buchstabiertes.

dutch and he say, Clenette, Wardine be down at my crib cry say her momma aint treat her right, and I go on with Reginald to his building where he live at, and Wardine be sit deep far back in a closet in Reginald crib, and she be cry. Reginald gone lift Wardine out the closet and me with him crying and I be rub on the wet all over Wardine face and Reginald be so careful when he take off all her shirts she got on, tell Wardine to let me see. Wardine back all beat up and cut up. Big stripes of cut all up and down Wardine back, pink stripes and around the stripes the skin like the skin on folks lips be like. Sick down in my insides to look at it. Wardine be cry. Reginald say Wardine say her momma aint treat her right. Say her momma beat Wardine with a hanger. Say Wardine momma man Roy Tony be want to lie down with Wardine. Be give Wardine candy and 5s. Be stand in her way in Wardine face and he aint let her pass without he all the time touching her. Reginald say Wardine say Roy Tony at night when Wardine momma at work he come in to the mattresses where Wardine and William and Shantell and Roy the baby sleep at, and he stand there in the dark, high, and say quiet things at her, and breathe. Wardine momma say Wardine tempt Roy Tony into Sin. Wardine say she say Wardine try to take away Roy Tony into Evil und Sin with her young tight self.

Auf deutsch lautet diese Passage:

Wardine sagt, ihre Mama behandelt sie schlecht.
Reginald kommt die Teerstraße vor meinem Haus
lang, wo Delores Epps und ich am Seilhüpfen sind,
und sagt, Clenette, Wardine ist in der Bude von
mir und sagt, ihre Mama behandelt sie schlecht.
Reginald und ich also zu dem Haus, wo er drin
wohnt, und da sitzt Wardine ganz hinten in einem Kabuff in Reginald seiner Bude und ist am
Heulen. Reginald holt Wardine aus dem Kabuff
und ich bin auch schon am Heulen und wisch das
ganze Nasse auf Wardine ihr Gesicht, und Reginald ist voll vorsichtig und zieht ihr alle Kleider
aus, die sie anhat, und dabei sagt er zu Wardine,
sie solls mir zeigen. Wardine ihr Rücken ist ganz
blau geschlagen und aufgeplatzt. Lange Striemen
von ganz hoch bis ganz runter auf Wardine ihrem Rücken, rosa Striemen, und an den Striemen
sieht die Haut aus wie von Leuten die Lippen. Mir
wird schlecht im Bauch, wie ich das seh. Wardine ist am Heulen. Reginald sagt, Wardine sagt,
ihre Mama behandelt sie schlecht. Wardine ihre
Mama nimmt einen Bügel zum sie schlagen, sagt
er. Roy Tony, der Mann von Wardine ihre Mama
will mit Wardine rummachen, sagt er. Gibt Wardine Süßigkeiten und 5er. Steht Wardine im Weg
rum und lässt sie nicht vorbei, bloß zum sie die
ganze Zeit antatschen. Reginald sagt, Wardine
sagt, Roy Tony kommt nachts, wie Wardine ihre
Mama zur Arbeit ist, zu den Matratzen, wo Wardine und William und Shantell und Roy das Baby
am Schlafen sind, und dann steht er bekifft da,
wo's dunkel ist, und sagt leise Sachen zu ihr und

schnauft. Wardine ihre Mama sagt, Wardine lockt
Roy Tony auf den Weg von der Sünde. Wardine
sagt, sie sagt, Wardine will, dass Roy Tony zum
Bösen und Sündigen verfällt mit ihrem jungen
strammen Körper.

Diese Passage ist ein bewusst ausgewähltes, weil unbe-
friedigendes Beispiel. *Black American English* ist eine
Varietät der englischen Sprache, vor der man als Übersetzer fast nur kapitulieren kann.[25] Es gibt im Deutschen einfach nicht das Sprachmilieu oder Stilregister
einer unterdrückten Bevölkerungsgruppe, die unter
dem rassistischen Druck der Gesellschaft und gegen
ihn im Lauf der Jahrhunderte eine eigene Sprache entwickelt hätte. Man muss sich auch davor hüten, *Black
American English* als Stummelsprache zu übersetzen,
als eine Art Gastarbeiterdeutsch, wie das früher prak-
tiziert worden ist. Selbst wenn ich mich etwa an Feridun Zaimoglus Kanaksprak[26] orientiere, was ja schon
eine literarisch überhöhte Form des Türkendeutschen
ist, rufe ich damit falsche kulturelle Assoziationen
ab. Ich habe mich vorläufig dafür entschieden, Clenette als eine ungebildete Frau zu gestalten, in deren
Rede sich grammatische Fehler, Umgangssprache und
Ruhrgebietsdeutsch[27] mischen, außerdem habe ich Ge-

---

25 Kennen Sie den schon?: Was haben Übersetzer und Unter-
setzer gemeinsam? Beide sind für heiße Sachen da.

26 Feridun Zaimoglu, *Kanak Sprak. 24 Misstöne vom Rande
der Gesellschaft,* Berlin: Rotbuch 1995.

27 etwa das rheinische Gerundium: ›am Seilhüpfen sein‹ usw.

nitive durch Konjunktionen und Personalpronomina ersetzt.

Beim zweiten Beispiel einer Stimmenimitation ist wieder einiges zum Plot vorauszuschicken. Die Patienten der Entzugsanstalt Ennet House haben die Auflage, je nach der Droge, von der sie loskommen wollen, an Treffen der jeweiligen Selbsthilfegruppen teilzunehmen. Wer einst dem Sumpfsinn frönte, geht also zu Treffen der Anonymen Alkoholiker. Verblüffenderweise werden die Anonymen Alkoholiker trotz all ihrer oft parodierten Sektenhaftigkeit zu einem, wenn nicht zu *dem* positiven Sinnzentrum des Romans. Alles andere wird nach guter alter Postmodernistenweise durch die Ironiemühle gedreht, aber da die Rituale der Anonymen Alkoholiker auf paradoxe Weise in sich gebrochen sind[28], können sich bei ihnen fragmentierte, dafür aber wieder handlungsfähige Subjekte mit eigener Willenskraft herausbilden. Erst wenn man die alte, suchtverleugnende Identität über Bord geworfen und eingesehen hat, dass man Alkoholiker ist, kann man hoffen, trocken zu werden. Zum paradoxen Programm der Selbsthilfegruppe gehört es, die Verlogenheit der Beichtrituale bei den Gruppentreffen zu kennen und sie trotzdem zu praktizieren. Gerade diese Ambivalenz trägt zum Erfolg bei. Wenn ich trotz innerer Ablehnung nur lange

---

28 Eines ihrer Mantras lautet *surrender to win*, was ich in einem deutschen Insiderbericht paraphrasiert gefunden habe als »Wer aufhört zu kämpfen, hat Chancen zu gewinnen.« (Horst Zocker, *betrifft: Anonyme Alkoholiker. Selbsthilfe gegen die Sucht*, München: C. H. Beck 1989, ³1997, S. 49.)

genug das Spiel mitspiele, allmorgendlich Gott[29] um Hilfe dabei zu bitten, ohne Alkohol durch den Tag zu kommen, dann wird aus dem Spiel irgendwann Ernst. Dann *will* ich irgendwann nüchtern bleiben, und im nächsten Schritt *kann* ich dann irgendwann nüchtern bleiben. Wallace beschreibt immer wieder Gruppentreffen der Anonymen Alkoholiker, und die dort vorgebrachten Geständnisse ehemaliger Trinker gehören zu den finstersten Passagen des Romans, die gleichwohl oft eine Art trojanischen Humor bergen. Der folgende Abschnitt wird von einem irischen Einwanderer erzählt, der einen so breiten Dialekt spricht, dass man zunächst fast gar nichts versteht:

'd been a confarmed bowl-splatterer for yars b'yond contin'. 'd been barred from t'facilities at o't' troock stops twixt hair'n Nork for yars. T'wallpaper in de loo a t'ome hoong in t'ese carled sheets froom t'wall, ay till yo. But now woon dey … ay'll remaember't'always. T'were a wake to t'day ofter ay stewed oop for me ninety-dey chip. Ay were tray moents sobber. Ay were thar on t'throne a't'ome, yo new. No't'put too fain a point'on it, ay prodooced as er uzhal and … and ay war soo amazed as to no't'belaven' me yairs. 'Twas a sone so wonefamiliar at t'first ay tought ay'd droped me wallet in t'loo, do yo new. Ay tought ay'd droped me wallet in t'loo as Good is me wetness. So doan ay bend twixt m'knays and'ad a luke in t'dim

o't'loo, and codn't belave me'yize. So gud paple ay
do then ay drope to m'knays by t'loo an't'ad a rail
luke. A loaver's luke, d'yo new. And friends t'were
loavely past me pur poewers t'say. T'were a tard
in t'loo. A rail tard. T'were farm an' teppered an'
aiver so jaintly aitched. T'luked ... conestroocted
instaid've sprayed. T'luked as ay fel't'in me 'eart
Good 'imsailf maint a tard t'luke. Me friends, this
tard'o'mine practically had a poolse. Ay sted doan
own m'knays an tanked me Har Par, which ay
choose t'call me Har Par Good, an' ay been tankin
me Har Par own m'knays aiver sin, marnin and
natetime an in t'loo's'well, aiver sin.

Angelsächsische Dialekte werden von deutschen Über-
setzerInnen schon seit einigen Jahrzehnten nur noch
selten durch deutsche Dialekte ersetzt. Da es hier je-
doch nur um eine kurze Passage geht, habe ich es mir
trotzdem erlaubt und die Passage zunächst in ein geo-
graphisch nicht lupenrein zuzuordnendes Norddeutsch
übersetzt:

Ich hadde seid zich Jaahn jesusmäßich die Ren-
neridis. Bein Raststäddn zwischen hier und Njork
durfd ich schon seid zich Jaahn nich mehr aufn
Podd. Zu Hause die Tapede anna Wand vom Lokus
war schon wellig wie Hulle. Aber dann aufn Mal ...
den Tach vergess ich mein Lebtach nich. Da fehlde
nur noch ne Woche, ne, und ich war neunzich Tage
troggn. Drei Monade wah ich nüchtann. Ich hock
da also zu Hause aufm Donnabalkn, ne. Bin da am
Machen wie immer, da beißd die Maus keinn Fadn

ab und … und ich wah so was von verdaddad, dass-
de midn Oahn schlaggast. Das hadd ich so lange
nich gesehn, dass ich east gedacht hab, mir wärs
Pordmoneh inn Lokus gefalln, ne. Echd, ich hab
gedachd, mir isses Pordmoneh inn Lokus gefalln,
so wah mir Gott helfe. Ich also in die Knie und seh
mir das im Schummer vom Lokus richdich an, und
da schlagga ich erst recht midn Oahn. Muss man
sich ma vorstelln, Loide, ich knie nebem Lokus und
seh mir das richdich an, wie unna na Lupe. Seh mir
das an wie ne Geliebte, ne. Und meine Froinde, das
war ne Lieblichkeid, da bleibd eim die Spugge wech.
Da laach ne richdige Wuasd im Lokus. Ne richtige
Wuasd. Die war fest, vajüngde sich und war gans
leichd gebogn. Sie sah … wohlgeformd aus statt
gespritzt. Sie sah aus, dass ichs Gefühl hadde, Godd
selbsd hädde die Wuast erschaffn. Meine Froinde,
diese meine Wuasd zwinkate mir praktisch zu. Ich
also aufn Knien geblieben und dank meim Hören
Wesen, das ich imma Godd nenn, und seid dem
Dach dank ich meim Hören Wesen aufn Knien,
morgens, ahms und aufm Lokus.

Das Ergebnis mag in sich stimmig sein, aber wenn ein
irischer Einwanderer ins US-amerikanische Boston
einen norddeutschen Dialekt spricht, schubst das den
Leser aus der Fiktion, seine *willing suspension of disbe-*
lief[30] gerät an ihre Grenzen. Außerdem ist diese Passa-

30 Samuel Taylor Coleridge, *Collected Works. Vol. 7.1, 2: Bio-*
    graphia Literaria or Biographical Sketches of My Liter-
    ary Life and Opinions, hg. von James Engell / W. Jackson

ge noch viel zu *verständlich*. Wenn ich wirklich die für literarische Übersetzungen so wichtige Wirkungsäquivalenz erzielen will, muss ich die Übersetzung an dieser Stelle *unverständlicher* machen. Mit diesem Gedanken im Hinterkopf habe ich mich gefragt, warum muss das eigentlich ein irischer Immigrant sein? Kann der nicht auch aus der Schweiz, genauer gesagt aus Basel kommen? Ich habe also die Nationalität des Sprechers geändert[31], mich mit einem Freund[32] zusammengesetzt, und herausgekommen ist dabei die folgende Fassung:

Als aine, wo alli Aabeehysli verspritzt, bin ych scho männgs Joor bekannt gse. In de Beize uff de Landstroosse han ych scho lang nimme uff d' Schissi deerfe. Deheim, im Bad isch d' Dabeete scho so wällig gse, das glaubsch gar nit. Aber denn uff aimool ... das wird ych nie vergässe. Ai Wuche no, und ych hätt niinzig Tag nimme gsoffe. Drei Moonet wär ych denn

Bate, London: Routledge & Kegan Paul 1983, Bd. II, S. 6. Norbert Miller übersetzt die in der angelsächsischen Literaturtheorie kanonisch gewordene Wendung mit »willige Preisgabe des Unglaubens«; vgl. Walter Höllerer, *Theorie der modernen Lyrik*, neu herausgegeben von Norbert Miller und Harald Hartung in Verbindung mit Alexander Gumz und Thomas Markwart, 2 Bände, München: Hanser 2003, Bd. 1, S. 17.

31 Der Ire des Originals wird als »a green-card Irishman in a skallycap and Sinn Fein sweatshirt« eingeführt; mein Basler wird vorgestellt als »ein Schweizer mit Edelweiß am Hut, roten Strümpfen und Wanderhose«.

32 Prof. Dr. Lucas Burkart vom Historischen Seminar der Universität Luzern. Lob, Preis und Ehr sei ihm allzeit.

undrungge gse. Also ich hogg dehaim uff dr Schissi,
verstoosch. Bi am Drugge wie allewyl, das glaubsch
gar nit, und ... und bi so verstuunt gse, ych ha myne
Auge nit traut. Das han ych scho lang nymme gsee,
do han ych zerscht dänggt, 's Portemonnaie isch mir
ins Hysli gfalle, verstoosch. By Gott, ych han dänggt,
's Portemonnaie isch mir ins Hysli gfalle. Ych kneu-
le also aane und lueg mir die Sach im schummrige
Liecht vom Hysli ganz genau aa. Ych ha myne Auge
nit traut, versteend ihr, Lyt, ich kneule also näbem
Haafe und lueg ganz gnau. Grad soo wie me emene
Schatz in d' Auge luegt. Miini Frynd, das isch e Fraid
gse, mir füle d' Wort. Do lygt e richtig Wirschtli. E
richtig Wirschtli. *Feschd, spitzig und lycht krumm. Es*
hett ussgseh wie ne Wirschtli, gar nimme verspritzt.
Graad eso als ob dr liebi Gott 's gmacht haig. Also
miini Frynd, das Wirschtli hett fascht wie gläbt, Ych
bi also kneule blybe und ha mym Heechere Wäse
danggt, das Wäse wo fir my dr liebi Gott isch, und sit
däm Tag dank ych däm Heechere Wäse *uff de Kneu,*
am Morge, am Oobe und uff em Hysli.

Ich hoffe, Ihnen den *Unendlichen Spaß* ein bisschen
schmackhaft gemacht zu haben. Sie können, wie Walter Benjamin an solchen Stellen zu sagen pflegte, »diese
Betrachtungen mit Hilfe jeder guten Buchhandlung
fortsetzen«[33].

33 Walter Benjamin, »Bei Brecht« (1930), 660–67 in: Walter
   Benjamin, *Gesammelte Schriften,* Frankfurt / Main: Suhr-
   kamp 1977, erneut 1980, Bd. II.2, S. 667.

DAVE EGGERS

VORWORT ZUR AMERIKANISCHEN AUSGABE 2006

IN DEN LETZTEN JAHREN gab es einige literarische Scharmützel – wie absurd angesichts einer Welt, die sich im Krieg befindet! – um die Lesbarkeit im zeitgenössischen Roman. Im Wesentlichen vertreten manche Leute die Meinung, dass erzählende Literatur leicht lesbar sein sollte und dass sie ein populäres Medium ist, das auf einer relativ unterhaltsamen Wellenlänge kommunizieren sollte. Andere wiederum sind der Meinung, dass Romane anspruchsvoll sein können, grundsätzlich und thematisch und sogar auf einer Satz-für-Satz-Ebene – dass es ganz in Ordnung ist, wenn man sich beim Lesen ein bisschen anstrengen muss, weil der Gewinn umso größer ist, wenn der Verstand gefordert und somit (wahrscheinlich) erweitert wird.

Pseudo-kultivierte Diskussionen werden häufig durch Extremedenker auf beiden Seiten polarisiert, und ganz ähnlich verhält es sich in obigem Fall. Die Frage wurde zu einer Entweder-oder-Frage deklariert, als hatte die Welt nur Platz für *eine* Sorte erzählender Literatur, als müsste die andere Sorte untersagt werden, als gehörten ihre Vertreter zur Strecke gebracht und – warum nicht? – in Stücke gehackt.

Aber während die Polarisierer aufeinander einschlagen, hat eine stumme Schar von Lesern, vielleicht sogar die Mehrheit der Leser von erzählender Literatur, nichts dagegen, von beidem etwas zu bekommen. Diese

Leser glauben, wenngleich sie ihre Meinung nicht allzu offen kundtun, dass schwierige Bücher neben einer leichter verdaulichen Literatur bestehen können, dass sogar eine laszive Kontaktaufnahme zwischen beiden Spielarten möglich ist. Tatsächlich lesen sie *beide* Sorten von Romanen, *manchmal in ein und derselben Woche*. Vielleicht gibt es sogar – obwohl das unmöglich zu beweisen ist – Leser, die es für denkbar halten, an einem Tag Thomas Pynchon zu genießen und am nächsten Tag Elmore Leonard. Oder sogar Leser, die sich am Vormittag mit Jonathan Franzen vergnügen und abends mit William Gaddis ringen.

David Foster Wallace schafft schon lange den Spagat zwischen schwer und weniger schwer, wobei die meisten Leser darin übereinstimmen, dass seine Essays leichter zu lesen sind als seine erzählenden Werke und dass seine journalistischen Texte überhaupt am zugänglichsten sind. Doch während sein Werk anspruchsvoll ist, bleibt sein Ton radikal unprätentiös, ganz gleich, mit welcher Form er sich auseinandersetzt. Ein Wallace-Leser hat das Gefühl, als wäre er mit einem überaus gesprächigen und intelligenten Onkel oder Cousin zusammen, der immer dann, wenn er es gerade zu weit treibt, wenn er unsere Geduld mit allzu vielen Details überstrapaziert, klug genug ist, einen netten niveaulosen Witz einzustreuen. Wie so viele andere Schriftsteller, die ansonsten überschlau wirken könnten – wie beispielsweise Bellow – hat Wallace ebenso wie Bellow stets seine Leser im Sinn. Er vergisst nie, dass Bücher vor allem unterhalten sollen und tariert seine Prosa mit nahezu unfehlbarem Gespür dementsprechend aus. Das war natürlich schon vor diesem Buch seit Jahren typisch für Wallace. Er galt bereits als äußerst kluger und anspruchsvoller und komischer und sagenhaft begabter Schriftsteller, bevor *Infinite Jest* 1996 erschien, und danach waren alle genannten Adjektive fest mit seinem Namen verbunden – plus folgendem: Heiliger Strohsack.

Nein, das ist genau genommen natürlich kein Adjektiv. Aber Sie verstehen, was ich meine. Das Buch ist 1547 Seiten lang, und es gibt nicht einen einzigen müßigen Satz. Das Buch ist straff geschrieben und kompromisslos klug, und obwohl es nicht geschwätzig daherkommt, ist es doch gefühlvoll und unglaublich ergreifend. Dass es innerhalb von drei Jahren von einem nicht mal fünfunddreißigjährigen Autor geschrieben wurde, ist ein schmerzlicher Gedanke. Also denken wir lieber nicht weiter darüber nach. Entscheidend ist, dass Sie das Buch nun in Händen halten, weil es das alles ist: bejubelt, einschüchternd, un-müßig, straff geschrieben, sehr lustig (das hatten wir bislang noch nicht erwähnt). Und jetzt lautet die Frage: Werden Sie es auch wirklich lesen?

Als der Verlag dieses Vorwort in Auftrag gab, wünschte er sich einen äußerst knappen, munteren Essay, der neue Leser von *Infinite Jest* davon überzeugen möge, dass das Buch leicht zugänglich, ja unanstrengend sei – eine zum Schreien komische und unterhaltsame Lektüre. Nun ja. Ersterem stimmt man gern zu, mit Letzterem wird es schon schwieriger. Ja, das Buch ist leicht zugänglich, weil es nicht um komplexe wissenschaftliche oder historische Zusammenhänge geht und keine besondere Vorbildung oder Gelehrsamkeit vonnöten ist. Es ist wortreich und es ist umfangreich, aber es straft niemanden für mangelnde Kenntnisse, und es macht auch nicht alle paar Seiten den Griff zum Wörterbuch erforderlich. Dennoch, auch wenn sein Wortschatz vertraut ist, sollte man sich darüber im Klaren sein, dass *Infinite Jest* etwas ganz *anderes* ist. Das heißt, es hat kaum Ähnlichkeit mit irgendwelchen Vorläufern, und Vergleiche zu allem, was danach kam, sind aussichtslos und hohl. Es war 1996 einzig in seiner Art, grundverschieden von praktisch allem, was es bis dato gab. Es trotzte jeder Kategorisierung und vereitelte alle Anstrengungen, es zu demontieren und zu erläutern.

Schlaue Leser können die meisten zeitgenössischen Romane in ihre Einzelteile zerlegen, sie auseinandernehmen wie ein Auto oder ein Ikea-Regal. Das heißt, nehmen wir an, der Leser ist eine Art Mechaniker. Und nehmen wir an, der spezielle Leser-Mechaniker hat schon an vielen Büchern gearbeitet, und nach ein paar hundert zeitgenössischen Romanen fühlt sich der Mechaniker in der Lage, so ziemlich jedes Buch auseinanderzunehmen und wieder zusammenzusetzen. Das heißt, der Mechaniker erkennt die Einzelteile moderner Literatur und kann beispielsweise sagen, *das Teil hab ich schon mal gesehen, also weiß ich, warum es da ist und was es bewirkt. Und das Teil da auch – das erkenne ich wieder. Dieses Teil ist mit jenem Teil verbunden und hat die und die Funktion. Das da kommt normalerweise dahin und ist für das und das zuständig.* Man tut der zeitgenössischen Literatur kein Unrecht, wenn man von ihr behauptet, dass sie wiedererkennbar und in ihre Einzelteile zerlegbar ist. Das gilt für ungefähr 98 Prozent der Prosa, die wir kennen und schätzen.

Aber bei *Infinite Jest* ist das nicht möglich. Das Buch ist wie ein Raumschiff ohne erkennbare Einzelteile, es gibt keine Nieten oder Schrauben, keine Ansatzpunkte, keine Möglichkeit, es auseinanderzunehmen. Es funkelt und strahlt und zeigt keine erkennbaren Mängel. Wenn man es irgendwie in kleinere Teile zertrümmern könnte, wäre es ganz bestimmt nicht wieder zusammenzusetzen. Es *ist*, Punktum. Seite für Seite und Zeile für Zeile stellt es das wahrscheinlich seltsamste, unverwechselbarste und vertrackteste literarische Werk eines Amerikaners in den letzten zwanzig Jahren dar. Bei der Lektüre von *Infinite Jest* spürt man durchweg, dass hier eine ungebremste Obsession am Werk war, dass hier der Verstand eines jungen Autors so weit gespannt wurde, dass er, wie wir vermuten, dem Wahnsinn nahe kam.

Womit nicht etwa eine Form von Wahnsinn gemeint ist, wie sie Burroughs oder auch Fred Exley einsetzten, um kreativ zu sein. Exley trank exzessiv, wie viele Schriftsteller seiner Generation und der paar Generationen davor, während Burroughs jedes Rauschmittel zu sich nahm, das er sich irgendwie verschaffen konnte. Aber Wallace ist eine andere Art Wahnsinniger, nämlich einer, der sein Handwerkszeug allezeit beherrscht, einer, der nicht etwa unter Drogen- oder Alkoholeinfluss am Rande dieses oder jenes Abgrundes taumelt, sondern sich offenbar stets auf dem Weg nach innen befindet, in die Tiefen der Erinnerung, um unerbittlich eine bestimmte Zeit, einen bestimmten Ort heraufzubeschwören, und zwar auf eine Weise, die an – es kommt mir so falsch vor, diesen Namen zu schreiben, und dann doch wieder so richtig! – Marcel Proust erinnert. Da ist die gleiche Art von Obsessivität, die gleiche unerhörte Genauigkeit und Konzentration sowie das gleiche Gefühl, dass der Autor das Bewusstsein eines Zeitalters erfassen wollte (was ihm wohl auch gelang).

Kommen wir vom Zeitalter zum Menschenalter. Es steht zu erwarten, dass das Durchschnittsalter der Leserschaft von *Infinite Jest* etwa um fünfundzwanzig liegt. Es sind bestimmt viele Akademiker unter ihnen, wahrscheinlich, und vielleicht gibt es eine ebenso hohe Anzahl an Fünfunddreißigjährigen oder Fünfzigjährigen, die aus welchen Gründen auch immer an einem Punkt in ihrem Leben angelangt sind, wo sie sich endlich bereit fühlen, das Buch in Angriff zu nehmen, das ihnen der eine oder andere Bekannte ans Herz gelegt hat. Entscheidend ist, dass das Durchschnittsalter einigermaßen hinkommt. Ich selbst war fünfundzwanzig, als ich es las. Ich wusste seit einem Jahr, dass es erscheinen würde, weil der Verlag Little, Brown Book Group durch monatliche Postkarten, die verführerische Formulierungen und Anspielungen enthielten und an sämtliche Medien im Lande verschickt wurden, überaus raffiniert die Erwartungen geschürt hatte. Als das Buch dann endlich herauskam, las ich es prompt.

Und so verbrachte ich einen Monat meines jungen Lebens. Ich tat kaum etwas anderes. Und ich kann nicht behaupten, dass es immer zum Schreien komisch war. Gelegentlich war es anstrengend. Das Buch fordert volle Aufmerksamkeit. Es lässt sich nicht in einem überfüllten Café lesen oder mit einem Kind auf dem Schoß. Es war ärgerlich, dass sich die Fußnoten nicht unten auf der Seite befanden, wie das bei Wallace' Essays und journalistischen Texten der Fall gewesen war, sondern am Ende des Buches. Es passierte mir stellenweise, zum Beispiel beim Lesen einer überaus erschöpfenden Schilderung eines Tennismatches, dass ich dachte, na ja, was soll's. Ich mag Tennis, ehrlich, aber jetzt reicht's.

Dennoch wird die Zeit, die Sie in diesem Buch, in dieser Sprachwelt verbringen, reich belohnt. Wenn Sie nach einem Monat Lektüre aus diesen Seiten heraustreten, sind Sie ein besserer Mensch. Es ist verrückt, aber auch schwer zu leugnen. Ihr Verstand ist gestärkt, weil er einen Monat lang trainiert wurde, und was noch wichtiger ist, Ihr Herz ist praller, denn kaum je wurden Verzweiflung, Depression, Sucht, die Ziellosigkeit und Sehnsucht einer Generation oder das Besessensein von menschlichen Erwartungen, von künstlerischem und sportlichem und intellektuellem Potenzial bewegender beschrieben. Die Themen sind groß, die Emotionen (obschon zurückhaltend) sehr real und die kumulative Wirkung des Buches ist, so könnte man wohl sagen, seismisch. Es ist höchst unwahrscheinlich, dass Sie einen Leser finden, der nach Abschluss der Lektüre die Achseln zuckt und sagt: »Na und?«

Ein wuchtiger baseballmützetragender Anglistikstudent in einem mittelgroßen Westküstencollege stellte mir mal folgende Frage: Sind wir verpflichtet, *Infinite Jest* zu lesen? Es ist eine gute Frage, die sich viele Menschen, vor allem literarisch gesinnte Menschen, stellen. Und die Antwort darauf lautet: Vielleicht. Irgendwie schon. Eher ja, gewissermaßen. Wenn wir uns verpflichtet fühlen, dieses Buch zu lesen, dann weil uns Genie interessiert, weil uns epische schriftstellerische Ambitionen interessieren. Wir sind fasziniert davon, was eine Person mit genug Zeit und Konzentration und

Koffein und, in Wallace' Fall, Kautabak alles zustande bringt. Wenn wir uns von *Infinite Jest* angezogen fühlen, dann fühlen wir uns auch von Magnetic Fields' *69 Songs* angezogen, für das Stephin Merritt innerhalb von zwei Jahren 69 Songs geschrieben hat, bei denen es ausnahmslos um Liebe geht. Und wir fühlen uns von den zehntausend Gemälden des Folk-Künstlers Howard Finster angezogen. Oder von Sufjan Stevens' Werk, der sich vorgenommen hat, für jeden Staat der USA ein Album aufzunehmen. Derzeit ist er erst bei Staat Nr. 2, aber falls er sein Ziel erreicht, wird er ungefähr an das herankommen, was Wallace mit vorliegendem Buch gelungen ist. Entscheidend ist: Wenn uns das im Menschen angelegte Potenzial interessiert und wir uns gegenseitig zu wissenschaftlichen und sportlichen und künstlerischen und gedanklichen Quantensprüngen antreiben können, dann müssen wir die Arbeit bewundern, die unsere Mitstreiter geschaffen haben. Wir haben vornehmlich uns selbst gegenüber die Pflicht, uns anzusehen, was ein Gehirn vermag, vor allem ein Gehirn wie das unsere – das heißt eines, das sich in derselben geistigen Suppe bewegt. Deshalb schauen wir uns *Shoah* an oder betrachten die endlose Papierrolle, auf die Jack Kerouac (im tagelangen Fieberwahn) *On the Road* tippte, oder zollen William T. Vollmanns 3.300 Seiten langem *Rising Up and Rising Down* Tribut oder Michael Apteds Dokumentationsfilmserie *7-Up, 29-Up, 42-Up* oder … nun ja, die Liste ist lang.

Und jetzt sind wir leider wieder bei dem Eindruck angelangt, dass dieses Buch abschreckend ist. Und das ist es wirklich nicht. Es ist lang, aber voller Freuden. Es ist voller Humor. Und es hat überdies einen sehr leisen, aber sehr starken und beständigen tragischen Unterton, der Menschen betrifft, die zutiefst verloren sind, innerhalb ihrer Familien und innerhalb ihrer Nation und innerhalb ihrer Zeit, und die sich nur irgendein Gefühl von Orientierung oder Sinn wünschen oder ein Gefühl von Gemeinschaft oder Liebe. Was letztlich und praktischerweise für den Schluss dieser Einleitung genau das ist, was ein Autor anstrebt, wenn er sich daran macht, ein Buch zu schreiben – jedes Buch, aber vor allem ein Buch wie dieses, das so viel zu geben hat, das so viel Aufopferung und Hingabe verlangt hat. Wer würde so etwas tun, wenn nicht aus einem Bedürfnis nach Nähe und somit nach Liebe?

Ein Letztes: Bei dem Versuch, Sie davon zu überzeugen, dieses Buch zu kaufen oder in Ihrer Bücherei auszuleihen, empfiehlt sich der Hinweis, dass der Verfasser ein ganz normaler Mensch ist. Dave Wallace – denn so wird er allgemein genannt – hat große schmuddelige Hunde, die er nie mit Taftröckchen herausgeputzt oder mit Regenmänteln eingekleidet hat. Er klagt häufig darüber, dass er bei öffentlichen Lesungen stark schwitzt, weshalb er sich ein Tuch um die Stirn wickelt, damit der Schweiß nicht auf die Seiten vor ihm tropft. Als Tennisspieler stand er mal auf der US-Rangliste, und eine gute Staatsführung ist ihm wichtig. Er stammt aus dem Mittleren Westen – genauer gesagt aus der östlichen Mitte von Illinois, also einem ungemein normalen Teil des Landes (ganz in der Nähe übrigens, und das ist kein Witz, von einer Stadt namens Normal). Er ist also normal und konventionell und alltäglich, und dieses Buch ist seine außergewöhnliche und unkonventionelle und nicht normale Leistung, etwas, das ihn überdauern wird und Sie und mich, das aber zukünftigen Menschen helfen wird, uns zu verstehen – wie wir fühlten, wie wir lebten, was wir einander gaben und warum.

September 2006

Deutsch von Ulrike Wasel und Klaus Timmermann

DAVID **LIPSKY**

DIE LETZTEN **TAGE**
DES DAVID FOSTER
WALLACE

**ER GALT ALS EINER DER
TALENTIERTESTEN SCHRIFTSTELLER
DER USA UND GEWANN
LITERATURPREISE ZUHAUF.
ÜBER SEINE DEPRESSIONEN SCHWIEG ER.
IM SOMMER ERHÄNGTE SICH
DAVID FOSTER WALLACE**

Sein Leben war eine Jagd nach Informationen, nach den Wies und Warums. »Heute habe ich mehr als 500000 Einzelinformationen erhalten«, sagte er einmal, »von denen aber nur 25 relevant sind. Mein Job ist es, daraus schlau zu werden.« Er wollte »darüber schreiben, wie es sich anfühlt zu leben. Statt davon abzulenken, wie es sich anfühlt zu leben«. Sein Leben war eine Karte, die zum falschen Ziel führte. Er sammelte Bestnoten in der High-School, glänzte in Football und Tennis, verfasste als Student ein philosophisches Traktat und einen Roman, machte Examen, veröffentlichte den Roman und brachte ein Heer von zeternden, zankenden Lektoren und Literaten dazu, ihm zu Füßen zu liegen. Er schrieb einen 1000-Seiten-Roman, heiratete, schrieb noch ein drittes Buch – und dann, mit 46 Jahren, erhängte er sich.

Eines muss man über David Foster Wallace wirklich sagen – er war ein Jahrhundert-Talent«, meint sein Freund und früherer Redakteur Colin Harrison. »Jemandem wie ihm werden wir möglicherweise in diesem Leben niemals wieder begegnen. Er war wie ein Komet, der auf Bodenhöhe an uns vorbeifegt.«

Sein Roman »Infinite Jest« hatte Bibelformat und wurde in Sekundärliteratur wie »Understanding David

Foster Wallace« – ein Buch, das seine Freunde vermutlich gern geschrieben, auf jeden Fall aber sofort gekauft hätten – vielfach interpretiert und kommentiert. Er litt jahrzehntelang unter einer klinischen Depression, verriet dies aber nur seiner Familie und den engsten Freunden. »Ich glaube, er hörte nie auf, sich dafür zu schämen«, sagt sein Vater. »Und deshalb hat er es instinktiv versteckt.«

Nach Wallaces Tod am 12. September 2008 überschwemmten Leser das Web mit Hommagen an seine literarische Intelligenz. »Er war aber nicht unbedingt Sankt David«, meint sein bester Freund, der Schriftsteller Jonathan Franzen. »Das ist das Paradoxe an Dave: Je näher man ihm kam, desto mehr verdüsterte sich das Bild, und gleichzeitig wurde er immer liebenswerter. Nur wenn man ihn besser kannte, konnte man wirklich verstehen, welch heroische Anstrengungen es ihn kostete, nicht nur einfach in dieser Welt klarzukommen, sondern wunderbare Dinge zu schreiben.«

David wuchs auf in Champaign, Illinois. Sein Vater Jim unterrichtete Philosophie an der Universität von Illinois, seine Mutter Sally Englisch am örtlichen Community College. Sie waren eine Akademikerfamilie, ausgeglichen, rücksichtsvoll, pädagogisch wertvolle Spiele, aufgeräumte Zimmer, das Bücherregal als Hausschrein. »Ich habe diese merkwürdigen frühkindlichen Erinnerungen«, erzählte Wallace 1996. »An meine Eltern, die im Bett liegen, sich gegenseitig ›Ulysses‹ vorlesen, Händchen halten und ganz und gar auf etwas abfahren.«

Er war eine dieser unheimlich perfekten Verbindungen aus den Fähigkeiten und Talenten beider Eltern.

»David und ich verdanken beide meiner Mutter sehr viel«, meint seine zwei Jahre jüngere Schwester Amy. »Sie hat eine Art zu sprechen, die ich bei keinem anderen Menschen erlebt habe.«

Von frühester Kindheit an war David »sehr zerbrechlich«, wie er es ausdrückte. Er liebte Fernsehen und geriet bei Serien wie »Batman« oder »The Wild Wild West« manchmal richtig aus dem Häuschen. (Seine Eltern rationierten die »aufregenden« Sendungen, eine pro Woche.) Er konnte die Dialoge ganzer Sendungen auswendig und vorhersagen, wie die Geschichte weiterging, was mit den Charakteren geschehen würde.

David war ein stämmiger Junge, der bis zum Alter von 12 oder 13 Jahren Football spielte und wie ein Sportler redete, das »g« verschwinden ließ: »wudn't«, »dudn't« und »idn't' und »sumpin«. »Ich war eine richtige kleine Sportskanone. Keine künstlerischen Ambitionen, für mich gab es nur Football. Und ich war echt gut. Doch dann kam ich in die Junior High, und dort gab es zwei Jungs, die bessere Quarterbacks waren als ich. Außerdem wurde auf dem Spielfeld viel mehr zugehauen, und ich merkte, dass mir das keinen Spaß macht. Ich war furchtbar enttäuscht.«

Der Tennisplatz bot einen Ausweg. »Tennis entdeckte ich für mich selbst, ich nahm Trainerstunden auf einem öffentlichen Court. Fünf Jahre wollte ich ernsthaft Profi werden. Ich spielte nicht besonders schön, war aber kaum zu schlagen. Das klingt arrogant, aber es ist wahr.« Außerdem zockte er gern ein bisschen, vor einem Match pflegte er dem Gegner zu versichern: »Danke, dass du gekommen bist, du bügelst mich bestimmt platt.«

Irgendwann fiel den Wallaces auf, dass David sich manchmal seltsam verhielt. Er äußerte merkwürdige Wünsche, zum Beispiel sein Zimmer schwarz zu streichen. Er war ständig sauer auf seine Schwester. Mit 16 weigerte er sich, zu ihrer Geburtstagsparty zu kommen. »Warum sollte ich ihren Geburtstag feiern?«, fragte er seine Eltern.

»In der Schule bekam er Angstanfälle«, erinnert sich sein Vater. »Ich erkannte die Symptome, hatte aber einfach keine Erfahrung mit solchen Sachen. Die Depression schien ihn heimzusuchen wie ein böser Geist.« David zog sich immer mehr zurück. An die Pinnwand in seinem Zimmer hängte er einen Artikel über Kafka, in dessen Überschrift es hieß, das Übel sei das Leben selbst.

»Ich hasste es, diese Worte zu sehen«, sagt seine Schwester. »Sie schienen seine ganze Existenz zusammenzufassen. Wir konnten nicht verstehen, warum er sich so verhielt. Meine Eltern waren außer sich, natürlich weil sie ihn so liebten.«

Doch dann schloss David die Highschool mit Bestnoten ab. Was auch immer seinen persönlichen Hurrikan ausgelöst hatte, er hatte ein paar Bäume zerzaust und war weitergezogen. David beschloss, nach Amherst zu gehen, wo auch sein Vater studiert hatte.

Im Herbst 1980 war es so weit – Reagan stand vor der Tür, die Siebziger hatten Schiffbruch erlitten, adrettes Jungvolk bevölkerte den Campus. David brachte einen Anzug mit. »So ein Ding von Sears, mit einem Schlips mit Schottenmuster«, berichtet sein Zimmergenosse und Freund Mark Costello, der heute selbst ein erfolgreicher Schriftsteller ist. »Die Typen, die von den feinen Privatschulen nach Amherst kamen, zogen sich extra ein bisschen schlampiger an. Keiner hatte einen Anzug im Koffer. Das war nur die Wallace-Tradition, die besagte, nach Osten zu gehen, ist eine große Sache, du darfst uns keine Schande machen. Mein erster Eindruck war der eines ausgemachten Außenseiters.«

Das war auch Costello, der aus einer Arbeiterfamilie in Massachusetts kam, sieben Kinder, irisch-katholisch: »Wir passten beide nicht ins Gatsby-Schema.« In Amherst fand David zu dem Kleiderstil, den er sein Leben lang kultivieren sollte: Rollkragen, Kapuzenjacke, Basketballschlappen. Er war schlagfertig und amüsant, selbst bei einem Spaziergang über den Campus. »Ich wollte schon immer Leute imitieren«, sagte er, »hatte aber nicht die stimmliche und mimische Bandbreite.« Wenn sie jetzt über das Unigelände gingen, lief die Dave-Show. Wallace beschrieb, wie sich jemand bewegte, redete, den Kopf hielt, spekulierte über sein Leben. »Er hatte einen unglaublichen Draht zu Leuten«, erinnert sich Costello. »Dave besaß die Fähigkeit, in die Haut eines anderen zu schlüpfen.«

Menschen aus der Ferne zu beobachten, kann natürlich auch dazu dienen, Nähe zu vermeiden. »Ich war das totale Weichei im College, eine echte Lusche«, beschrieb es Wallace. »Ich hatte einfach Angst vor Leuten.«

Eines Nachmittags kam Costello in das gemeinsame Zimmer und fand Wallace auf dem Stuhl sitzend, die gepackten Koffer vor sich. Sogar die Schreibmaschine, die mehr wog als all seine Kleider, war eingepackt. »Dave, was ist los?«, fragte Costello.

»Es tut mir so leid«, erwiderte Wallace. »Ich weiß, ich lasse dich total im Stich.«

Er wollte das Studium abbrechen. Costello fuhr ihn zum Flughafen: »Er war nicht in der Lage, darüber zu reden. Weinte, war total am Ende. Hatte Panik. Konnte seine Gedanken nicht kontrollieren. Es war mentale Inkontinenz, so wie andere Leute in die Hosen machen.«

»Ich war nicht sehr glücklich dort«, erzählte Wallace später. »Ich fühlte mich fehl am Platz. Ich wollte Sachen lernen, die auf keinem Lehrplan standen. Wenigstens reagierten meine Mom und mein Dad sehr gefasst.«

Zu Hause erwarteten ihn Krankenhausaufenthalte, Erklärungsversuche, Aushilfsjobs. Eine Weile fuhr er einen Schulbus. »Dieser Typ, seelisch ziemlich gebeutelt, ein bisschen wie Holden Caulfield, steuerte also seinen Bus durch Wind und Wetter«, so Costello. »Er schrieb mir einen entrüsteten Brief über die mangelhaften Eignungstests für Schulbusfahrer in Illinois.«

Im Herbst kehrte Wallace nach Amherst und zu seinem Zimmergenossen zurück, immer noch angeschlagen, aber deutlich stabiler. »Ein paar Dinge in seinem Kopf waren kaputtgegangen«, meint Costello. Sein Leben in Trümmern zu sehen, hatte Davids Blick für die verbleibenden Optionen geschärft und sie realer gemacht. In einem Brief an Costello verkündete er: »Ich möchte Bücher schreiben, die in 100 Jahren noch gelesen werden.«

Über seinen Zusammenbruch sprach er nicht viel. »Das war peinlich und zu privat«, so Costello. »Etwas, über das man keine Witze machte.« Wallace betrachtete es als Versagen, als hätte er die Sache im Griff behalten müssen, und unterwarf sein Leben fortan einer strengen Routine. Zum Mittagessen stand er als Erster in der Mensa, trank Kaffee mit einem Teebeutel drin, saß bis elf in der Bibliothek, ging zurück aufs Zimmer, schaute »Hawaii Five-0« und nahm um Mitternacht einen Schluck aus der Scotch-Flasche. Wenn er seinen Kopf nicht abschalten konnte, sagte er: »Weißt du was? Ich glaube, heute sind zwei Schuss fällig«, kippte noch einen runter und schlief.

1984 ging Costello auf die Yale Law School; das letzte Jahr im College war Wallace allein. Weil er zwei Hauptfächer studierte – Englisch und Philosophie –, musste er zwei Abschlussarbeiten schreiben. In Philosophie entschied er sich für Modallogik. »Es sah richtig schwer aus, und ich hatte Angst davor«, sagte er. »Also dachte ich, ich schreibe so einen netten Hundert-Seiten-Roman.« Das Buch kostete ihn fünf Monate und wurde 700 Seiten lang. Er nannte es »The Broom of the System« (»Der Besen im System«).

Von Amherst wechselte Wallace auf die Universität von Arizona, wo er sich angewöhnte, ein Kopftuch zu tragen: »Das ging in Tucson los, weil es dort ständig fast 40 Grad hatte und ich so sehr schwitzte, dass das Zeug auf die Seiten tropfte.« Die Frau, mit der er zusammen war, hielt das für einen klugen Zug. »Sie war so eine Sixties-Dame, eine Sufi-Muslimin. Sie meinte, es gäbe verschiedene Chakren, unter anderem eins ganz oben am Kopf, das sie den ›Abfluss‹ nannte. Dann fing ich an, über den Ausdruck ›seinen Verstand zusammenhalten‹ nachzudenken. Ich finde es ein bisschen gruselig, dass die Leute das Ding als mein Markenzeichen oder so was betrachten – es ist mehr ein Zeichen der Schwäche –

der Sorge, dass mir irgendwann der Kopf explodieren könnte.«

Arizona war eine neue Erfahrung: die ersten Klassenräume, wo man nicht froh war, ihn zu sehen. Er wollte nach seinem Gusto schreiben – witzig und verschwenderisch, sprunghaft und exzentrisch. Die Lehrer waren alle »korinthenkackerische Realisten«. Das war das erste Problem. Das zweite war Wallace. »Ich glaube, ich war ein ziemlicher Arsch«, gestand er. »Ich war lehrerresistent und hatte diesen Blick drauf – ›Wenn die Welt gerecht wäre, würde ich hier stehen und unterrichten‹ –, der Ohrfeigen herausfordert.« 1989 erschien eine seiner Kurzgeschichten, »Here and There«, in einer Literaturzeitschrift und gewann einen O.-Henry-Preis. Als er sie bei seinem Professor einreichte, bekam er sie mit dem frostigen Vermerk zurück: »Ich hoffe, dies ist nicht repräsentativ für die Werke, die Sie für uns zu verfassen beabsichtigen. Wir würden es bedauern, Sie zu verlieren.«

Wallace schickte seinen Abschlussroman an Literaturagenten und bekam eine Menge Briefe zurück: »Alles Gute für Ihre Laufbahn als Hausmeister.« Bonnie Nadell war 25 und arbeitete für die Frederick Hill Agency in San Francisco. Es war ihr erster Job. Sie öffnete einen Brief von Wallace, las ein Kapitel seines Buchs und war »völlig überwältigt«. Weil es bereits einen Schriftsteller namens David Rains Wallace gab, beschlossen Hill und Nadell, David solle den Mädchennamen seiner Mutter in die Mitte setzen. So wurde aus ihm David Foster Wallace, und Nadell sollte für den Rest seines Lebens seine Agentin bleiben.

Viking kaufte die Rechte an dem Roman. Als sich die Kunde verbreitete, knipsten die Professoren ihr Lächeln an. »Ich mutierte vom Rausschmisskandidaten zu einem Typen, dem man mit zusammengebissenen Zähnen gratulierte: ›Schön, Sie zu sehen, wir sind so stolz auf Sie, möchten Sie nicht morgen zum Essen zu uns kommen?‹ Irgendwie genierte ich mich sogar für sie, weil sie es nicht einmal schafften, in ihrem Hass auf mich konsequent zu bleiben.«

Wallace fuhr in einem U2-T-Shirt nach New York, um seinen Lektor Gerry Howard zu treffen. »Für 24 wirkte er sehr jung«, meint Howard. Das T-Shirt beeindruckte ihn. »U2 waren damals noch nicht so bekannt. Und sie hatten etwas Superaufrichtiges, mit dem sich David wohl identifizieren konnte – oder vielleicht wollte er aufrichtig sein, obwohl sein Kopf ihn immer wieder in Richtung Ironie steuerte.«

»The Broom of the System« erschien Anfang 1987, Wallaces letztem Jahr in Arizona. Der Titel bezog sich auf einen Ausspruch seiner Urgroßmutter, wie in: »Hier, Sally, nimm einen Apfel, das ist der Besen im System.« »Ich wusste nicht, dass David sich das gemerkt hatte«, sagt seine Mutter. »Ich war gerührt, dass er ein geflügeltes Wort aus unserer Familie zum Titel seines Buchs machte.«

Der Roman hatte Erfolg. »Alles, worauf man hoffen konnte«, so Howard. »Die Kritiker sparten nicht mit Lob, es verkaufte sich ganz gut, und David war im Rennen.«

Howard kaufte auch Wallaces zweites Buch, »Girl With Curious Hair« (»Kleines Mädchen mit komischen Haaren«), eine Sammlung von Kurzgeschichten. Doch etwas an Wallace befremdete ihn: »Ich war nie zuvor jemandem begegnet, dessen Geist auf derart hohem Niveau arbeitete. David lebte in einem Zustand der Hyperaufmerksamkeit, doch sein Gefühlsleben schien seiner geistigen Existenz weit hinterherzuhinken, und ich hatte den Eindruck, dass er sich in dem Niemandsland dazwischen verirren könnte.«

Wallace war bereits dabei, dorthin abzudriften. Nach Abschluss seines Studiums zog er in eine Künstlerkolonie, traf berühmte Schriftsteller, wusste, dass sein Name in mehr Literaturzeitschriften erschien als die der berühmten Schriftsteller (»absoluter Wahnsinn und total beängstigend«), schrieb die Kurzgeschichten fertig. Und dann gingen ihm die Ideen aus. Eine Weile versuchte er, in einer Hütte in Tucson zu schreiben, dann kehrte er in sein Elternhaus zurück, wo Mom und Dad für ihn einkauften. Schließlich nahm er für ein Jahr eine Stelle als Philosophiedozent in Amherst an, was merkwürdig war: Erstsemester, die er noch gekannt hatte, waren jetzt seine Studenten.

Er war verkrampft und blockiert: »Ich fing an, alles zu hassen, was ich machte. Es war schlimmer als im College, unfassbar schlimm, ein hoffnungsloses Durcheinander. Ich war panisch, dachte, ich könnte nicht mehr schreiben. Und dann hatte ich die Idee: Im akademischen Umfeld war alles gut gelaufen – meine ersten zwei Bücher hatte ich ja praktisch unter der Nase von Professoren geschrieben.« Er bewarb sich für Graduiertenprogramme in Philosophie, mit dem Gedanken, in seiner Freizeit Bücher zu schreiben. Harvard bot ihm ein Vollstipendium an. Das Einzige, was noch fehlte, um die College-Jahre zu emulieren, war Mark Costello.

»Also kam er mit diesem völlig lächerlichen Plan«, erinnert sich Costello. »Er sagte: ›Okay, du ziehst zurück nach Boston, arbeitest als Anwalt, ich gehe nach Harvard, und wir wohnen zusammen wie damals in dem Haus in Amherst.‹ Natürlich ging die ganze Sache grandios in die Hose.«

»Harvard war einfach nur trostlos«, so Wallace, der sein Heil in einem Marathon aus Trinkgelagen, Partys und Drogen suchte. »Ich wollte nichts fühlen, es war das einzige Mal in meinem Leben, dass ich in Bars ging und Frauen aufriss, die ich nicht kannte.« Zwischendurch blieb er wochenlang abstinent und absolvierte morgendliche 15-Kilometer-Läufe. »Du weißt schon, diese sehr amerikanische Auffassung von Training – ich repariere mich durch radikale Maßnahmen.« Mit Schwarzenegger-Stimme: »Wenn es ein Problem gibt, trainiere ich mich da raus. Ich lege noch ein paar Gewichte mehr auf.«

Costello musste mit ansehen, wie Wallace in eine depressive Krise rutschte: »Er war mit Frauen unterwegs, die ziemlich viel mit Drogen zu tun hatten. Das faszinierte ihn – in Somerville herumschlampen und sich volllaufen lassen.«

Es war die schlimmste Phase, durch die Wallace bis dahin gegangen war. »Vielleicht kam es dem nahe, was in den alten Zeiten als spirituelle Krise bezeichnet wurde«, spekulierte er. »Das Gefühl, dass sich alles, worauf du in deinem Leben gebaut hast, als trügerisch erweist. Nichts existiert wirklich, du selbst auch nicht, es ist alles eine Täuschung. Nur, dass du besser dran bist als die anderen, weil du erkennst, dass es eine Täuschung ist, und schlechter, weil du so nicht funktionieren kannst.«

Im November hatten sich die Ängste endgültig festgesetzt. »Ich machte mir echt Sorgen, dass ich mich umbringen würde. Und ich wusste, wenn jemand einen Selbstmordversuch in den Sand setzt, dann ich.« Schließlich ging er zur Krankenstation und gestand einem Psychiater: »Wissen Sie, ich habe da ein Problem. Ich fühle mich nicht mehr sicher.«

Mit dieser Aussage setzte Wallace eine Kettenreaktion in Gang: Die Polizei wurde benachrichtigt, er musste die Schule verlassen, man schickte ihn nach McLean, das als psychiatrisches Krankenhaus einen guten Ruf unter Literaten genießt: Robert Lowell, Sylvia Plath und Anne Sexton wurden dort behandelt. Den ersten Tag verbrachte Wallace als potenzieller Selbstmordkandidat unter Beobachtung. Geschlossene Station, rosa Wände, keine Möbel, Abfluss im Boden, Sehschlitz in der Tür. »Wenn dir so was passiert«, lächelte er, »bist du plötzlich unerwartet gewillt, alternative Lebensmodelle zu prüfen.«

Wallace wurde als klinisch depressiv eingestuft und bekam Nardil verordnet, ein in den 50er-Jahren entwickeltes Antidepressivum, das er für den Rest seines Lebens nehmen sollte. »Wir hatten ein sehr kurzes Gespräch mit dem Psychopharmakologen, vielleicht drei Minuten«, erzählt seine Mutter. Wallace müsse mit dem Trinken aufhören, hieß es, und er bekam eine Liste mit Lebensmitteln, die ab sofort verboten waren.

Er fing an, sein Leben aufzuräumen, fand einen Weg, den Alkohol aufzugeben, folgte ihm konsequent und trank für den Rest seines Lebens nicht mehr. Er arbeitete als Wachmann, in der Morgenschicht. Polyester-Uniform, Schlagstock, Patrouille durch die Flure: »Es gefiel mir, weil ich nicht denken musste. Gekündigt habe ich nur aus dem unglaublich noblen Grund, dass ich es satt hatte, so früh aufzustehen.«

Er schrieb Bonnie Nadell, dass er nicht mehr schreiben könne. Ihre Hauptsorge war das nicht: »Ich hatte Angst, dass er nicht überleben würde.«

Wallace begegnete Jonathan Franzen auf die natürlichste Weise, die einem Schriftsteller möglich ist: als Fan. Er schrieb ihm einen freundlichen Brief zu seinem ersten Roman, »The Twenty-Seventh City«. Franzen schrieb zurück, und sie vereinbarten ein Treffen in Cambridge. »Er hat mich versetzt«, erinnert sich Franzen. »Tauchte einfach nicht auf. Damals spielten Drogen bei ihm noch eine ziemlich große Rolle.«

Im April 1992 waren beide bereit für eine Veränderung. Sie luden Franzens Auto voll und fuhren auf Wohnungssuche nach Syracuse. Franzen brauchte »etwas, das meine Frau und ich uns leisten konnten und wo uns keiner in den Ohren lag, wie verkorkst unsere Ehe war«. Die Bedürfnisse seines Freundes waren schlichter: eine billige Wohnung zum Schreiben. Wallace hatte monatelang recherchiert, in Entzugskliniken und Reha-Zentren, Geschichten aufgeschrieben und mit Menschen gesprochen, die wie er im Niemandsland herumirrten.

Er verbrachte ein Jahr in Syracuse: »Ich wohnte in einem Appartement, das etwa so groß war wie der Flur in einem normalen Haus. Das gefiel mir. Es standen so viele Bücher rum, dass man sich kaum bewegen konnte. Wenn ich schreiben wollte, musste ich die ganzen Sachen vom Tisch aufs Bett räumen, und wenn ich schlafen wollte, wieder zurück auf den Tisch.«

Er schrieb mit der Hand, der Stapel wurde immer höher. »Man schaut auf die Uhr, sieben Stunden sind verstrichen, und man hat einen Krampf in der Hand.« Manche Stifte – billige »Bic«-Kugelschreiber – waren »heiß«, wie bei Baseballspielern, die »heiße« Schläger haben. Ein heißer Stift hieß bei ihm »der Orgasmus-Stift«.

Im Sommer 1993 nahm er eine Stelle an der Illinois State University an, 50 Meilen von seinen Eltern entfernt. Das Buch war zu drei Vierteln fertig. Nadell war mit den ersten losen Blättern losgezogen und hatte es an Little, Brown verkauft. Sein ganzes Leben steckte darin – Tennis und Depression und versumpfte Nachmittage, der Abgrund des Entzugs und all die Stunden mit Amy vor dem Fernseher. Im Zentrum der Handlung steht ein Film mit dem Titel »Infinite Jest«, so beruhigend und perfekt, dass man ihn einfach nicht abschalten kann. Man schaut zu, bis man im Sessel versinkt, in die Hosen pisst, zu essen aufhört, stirbt. »Wenn es in dem Buch um irgendwas geht«, erklärte er, »dann um die Frage, warum schaue ich mir so viel Mist an? Es geht nicht um den Mist. Es geht um mich: Warum mache ich das? Zuerst sollte das Buch ›A Failed Entertainment‹ heißen, weil es strukturiert ist wie eine Unterhaltungssendung, die nicht funktioniert« – Charaktere werden entwickelt und verschwinden einfach, Kapitel folgen ohne erkennbaren Zusammenhang aufeinander –, »denn wohin Entertainment letztlich führt, ist ›Infinite Jest‹, das unendliche Vergnügen – das ist der Stern, der den Kurs bestimmt.«

Schließlich setzte er sich hin und tippte drei Jahre Rohfassung ins Reine – zweimal, mit nur einem Finger. »Aber einem richtig schnellen Finger!« Es wurden fast 1700 Seiten. Seinem Verleger sagte er, es wäre ein gutes Buch für den Strand – die Leute könnten es als Schattenspender verwenden.

Bis ein Buch lektoriert, gesetzt, gedruckt und ausgeliefert ist, kann ein Jahr vergehen. Eine lange Zeit für den Autor. In der Zwischenzeit wandte sich Wallace der literarischen Reportage zu. Zwei Texte, die in »Harper's« erschienen, sollten zum Besten und Bekanntesten werden, was dieses Genre in den letzten 15 Jahren hervorgebracht hat.

Colin Harrison, sein Redakteur bei »Harper's«, hatte die Idee, Wallace mit einem Notizbuch bewaffnet an Orte zu schicken, wo es Amerika in Reinkultur zu erleben gab – die Illinois State Fair, eine Karibik-Kreuzfahrt. Das würde die Seite seiner Persönlichkeit beschäftigen, die immer aktiv war, sich ständig selbst bewertete. »Dave, den Mimiker; Dave, den Leutebeobachter«, erklärt Costello. »Wenn er einen echten Bericht über etwas verfassen sollte, konnte das stressig und kompliziert werden. Colins Einfall war ein Geniestreich, eine viel einfachere Lösung, als alle gedacht hatten.«

Die Kreuzfahrt-Story erschien im Januar 1996, einen Monat vor der Veröffentlichung des Romans. Sie wurde tausendfach kopiert, gefaxt, am Telefon vorgelesen. Wenn Leute erklären, sie seien Fans von David Foster Wallace, meinen sie damit oft, dass sie die Kreuzfahrt-Geschichte gelesen haben. (Wallaces Kreuzfahrt-Reportage ist in deutscher Übersetzung als »Schrecklich amüsant – aber in Zukunft ohne mich« erhältlich.)

Die Unterschiede zwischen Wallaces Belletristik und seinen Reportagen und Essays können auch als Trennlinie zwischen seinem sozialen und seinem privaten Ich verstanden werden. Die Essays waren unendlich charmant, wie ein bester Freund, dem nichts entgeht, der sanfte Späße macht und einen auf humane Weise an allem vorbeiträgt, was irritierend oder langweilig oder furchtbar ist. Wallaces Romane und Kurzgeschichten wurden, besonders nach »Infinite Jest«, zunehmend frostig, düster, abstrakt. Man konnte sich vorstellen, dass ihr Verfasser langsam in Depression versank. Wallace, der Essayist und Reporter, war eine nie verlöschende Sonne.

Der Roman kam im Februar 1996 heraus. Im »New York Magazine« schrieb Walter Kirn: »Die Konkurrenz ist pulverisiert worden. So kolossal wegweisend ist dieser Roman. Und so spektakulär gut.« »Newsweek« und »Time« porträtierten ihn, Hollywood-Agenten tauchten bei seinen Lesungen auf. Ein Fed-Ex-Bote klingelte an der Tür, sah zu, wie David den Empfang quittierte, und fragte: »Wie fühlt es sich an, berühmt zu sein?«

Am Ende seiner Lesereise verbrachte ich eine Woche mit David. Er war ein erstaunlich guter, lebhafter Gesellschafter, mit dem man sich gleichzeitig hellwach fühlte und so, als hätte einem jemand die Schuhe zusammengebunden. Manchmal sagte er Sachen wie: »Es gibt gutes Ichbewusstsein und das giftige, lähmende Ich-werde-von-übersinnlichen-Beduinen-vergewaltigt-Ichbewusstsein.« Er sprach von Schüchternheit, die das Leben in Gesellschaft so unglaublich kompliziert werden lässt: »Ich glaube, schüchtern sein bedeutet in erster Linie, so auf sich selbst bezogen zu sein, dass man mit anderen Leuten Probleme bekommt. Wenn ich zum Beispiel mit dir zusammen bin, kann ich nicht sagen, ob ich dich mag oder nicht, weil ich zu sehr darüber nachgrüble, ob du mich magst.«

Kurz zuvor hatte seine Schwester geheiratet, was weitere Probleme aufwarf: »Ich bin fast 35. Ich würde auch gern heiraten und Kinder haben, aber für so was habe ich noch überhaupt keinen Plan. Ein paar Mal war es schon fast so weit, aber ich neige dazu, mich für Frauen zu interessieren, die es nicht lange mit mir aushalten.« Da empfiehlt sich die Flucht in Fantasiewelten: Als ich ihn besuchte, war eine ganze Wand mit einem riesigen Poster von Alanis Morissette tapeziert. »Vor der Alanis-Morissette-Besessenheit kam die Melanie-Griffith-Besessenheit – die dauerte sechs Jahre«, gestand er. »Und davor kam etwas, das mir viel Spott eingebracht hat: Ich war total fasziniert von Margaret Thatcher. Die ganze Zeit im College, nur Poster von Margaret Thatcher.«

Er neigte dazu, mit neurotischen Frauen anzubandeln – ein weiteres Symptom seiner Schüchternheit. »Man kann sagen, was man will, aber Psychotiker machen in der Regel den ersten Schritt.« Hunde seien unkomplizierter: »Du hast nicht dauernd das Gefühl, ihre Gefühle zu verletzen.«

Eines Tages traf Wallace die Schriftstellerin Elizabeth

Wurtzel, deren Depressions-Biografie »Prozac Nation« vor Kurzem erschienen ist. Sie fand ihn ein bisschen schlampig – Jeans und Kopftuch, wie immer – und sehr intelligent. Ein paar Abende später begleitete Wallace sie vom Restaurant zurück ins Hotel, saß noch ein bisschen in der Lobby und versuchte, sich auf ihr Zimmer zu quatschen, was Wurtzel durchaus charmant fand: »Wissen Sie, er mag ja eine Geistesgröße sein, aber letztendlich ist er immer noch ein Mann.«

Über ihre gemeinsamen Erfahrungen – Depression, Drogen, Aufenthalte im McLean – sprachen die beiden nicht viel, dafür über ihren Beruf, über den Umgang mit Berühmtheit. Auch hier stellte Wallace unmögliche Anforderungen an sich selbst: »Es beunruhigte ihn, dass Erfolg ihn korrumpieren könnte«, erzählt Wurtzel. »Integrität und Authentizität interessierten ihn als Idealvorstellungen sehr – so wie andere Leute sich wünschen, cool zu sein.«

Erfolg ist manchmal ebenso schwer zu bewältigen wie Scheitern. Auch Wallace sah das so: »Meine große Befürchtung ist, dass meine Erwartungen an mich selbst dadurch noch mehr steigen. Und Erwartungen sind eine zweischneidige Sache. Bis zu einem gewissen Punkt können sie motivierend wirken – wie ein Flammenwerfer, den man dir unter den Arsch hält. Aber darüber hinaus sind sie schädlich und lähmend. Ich habe Angst, dass ich alles vermurkse und in eine komprimierte Version dessen plumpse, was ich schon einmal durchgemacht habe.«

Auch Mark Costello machte sich Sorgen: »Die Arbeit

fiel ihm immer schwerer. Diese Gottesgeschenke, dass er in sechs Wochen genau die 120 Seiten schreiben konnte, die er brauchte, die gab es nicht mehr. Also suchte er anderswo nach Ablenkung.« Er verlobte sich, löste die Verlobung, rief Freunde an: »Nächsten Samstag müsst ihr nach Rochester kommen, ich heirate dort.« Doch der Sonntag verstrich, oder die nächste Woche, und er hatte alles abgesagt.

Wallace erzählte Costello von einer Frau, mit der er zusammen war. »Er sagte, ›Sie ist sauer auf mich, weil ich nie aus dem Haus gehen will. – Liebling, lass uns shoppen gehen. – Nein, ich will schreiben. – Aber du schreibst doch nie was. – Es könnte aber sein, dass ich zu schreiben anfange. Wenn das passiert, muss ich hier sein.‹ So ging das jahrelang.«

Im Sommer 2001 zog Wallace nach Kalifornien. Er veröffentlichte weiter Kurzgeschichten und Essays, die ihm aber immer schwerer aus der Feder flossen. Als er seine Reportage über John McCains Vorwahlkampf im Jahr 2000 ablieferte, schrieb er seiner Agentin, dies werde dem Auftraggeber zeigen, »dass ich immer noch gute Arbeit abliefere (diese Sorgen mache nur ich mir, ich weiß)«.

1997 hatte er einen MacArthur-Preis erhalten, der in den USA auch »Genius Award« heißt. »Ich glaube, das tat ihm ganz und gar nicht gut«, meint Franzen. »Es hängte ihm den Mantel des Genies um, den er natürlich ersehnt hatte und für gerechtfertigt hielt. Aber der Druck erhöhte sich dadurch weiter: Jetzt muss ich noch besser sein als vorher.«

Ein paar Monate nach seinem Umzug lernte Wallace die Malerin Karen Green kennen, die seine Arbeit bewunderte und ihn zu einer Art künstlerisch-interdisziplinärem Blind Date einlud. »Sie hatte vor, einige Bilder auf Grundlage von Davids Geschichten zu malen«, erklärt seine Mutter, »und wollte ihn über einen gemeinsamen Freund um Erlaubnis bitten.«

»David war total gaga«, erinnert sich ein Freund. »Am Telefon redete er von ihr, als hätte sie schon sein Leben verändert.« Franzen traf Green erst ein Jahr später. »Schon nach drei Minuten hatte ich den Eindruck, dass Dave endlich jemanden gefunden hatte, der einem Leben mit ihm gewachsen war. Sie ist schön, unglaublich stark und geerdet – ihr ging es nicht darum, das Genie Dave Wallace abzuschleppen.«

Ihr Debüt als Paar gaben sie im Juli 2003 mit Wallaces Eltern beim Besuch des kulinarischen Events, das den Titel für sein letztes Buch lieferte: »Consider the Lobster«. »Beide waren so lebendig«, erzählt sein Vater. »Sie schauten sich an und lachten, und keiner musste dem anderen sagen, was eigentlich so komisch war.« Ein Jahr später flogen sie nach Illinois und wurden dort zwei Tage nach Weihnachten getraut.

Familie und Freunde berichten, die letzten sechs Jahre – mit Ausnahme des allerletzten – seien die besten in Davids Leben gewesen. Die Ehe war glücklich, das Universitätsleben problemlos, Karen und David hatten zwei Hunde, Warner und Bella, und kauften ein schönes Haus. »Dave in einem richtigen Haus«, lacht Franzen, »mit richtigen Möbeln und richtigem Stil.«

Und die Hunde? »Er hatte eine Vorliebe für Hunde, die schlecht behandelt worden waren und kaum Aussichten hatten, Besitzer mit ausreichend Geduld zu finden«, so Franzen. »Ich weiß nicht, ob er sich mit ihnen identifizierte oder solche Hunde einfach mochte, jedenfalls war es für ihn nicht leicht, sie zu disziplinieren. Aber wenn man sah, mit welcher Achtsamkeit er sie behandelte, schnürte es einem die Kehle zu.«

Kurzum, es ging Wallace entschieden besser, und so begann er zu überlegen, ob er Nardil, das Antidepressivum, das er fast zwei Jahrzehnte genommen hatte, vielleicht absetzen könne. Das Medikament hatte zahlreiche Nebenwirkungen; unter anderem konnte es den Blutdruck sehr hoch schrauben. »Das war ein wesentlicher Grund, warum ich solche Angst um Dave hatte – dass sein Herz irgendwann vor der ständigen Belastung kapitulieren würde«, erklärt Franzen. »Ich befürchtete, wir würden ihn schon mit Anfang 50 verlieren.«

»Sie entschieden also«, sagt seine Schwester Amy mit rauer Stimme, »dass man angesichts der medizinischen Fortschritte der letzten 20 Jahre sicher etwas finden würde, das die blöde Depression ohne diese ganzen Nebenwirkungen in Schach hält. Sie hatten keine Ahnung, dass es das Einzige war, das ihn am Leben hielt.«

Im Sommer 2007 fing David an, das Nardil auszuschleichen. Seine Ärzte verschrieben andere Mittel, die alle keine Wirkung zeigten. »Sie fanden einfach nichts«, sagt seine Mutter leise. »Gar nichts.« Im September bat David seine Schwester, auf den jährlichen Herbstbesuch zu verzichten, er fühle sich dem nicht gewachsen. Im Oktober waren die Symptome wieder so schlimm, dass er ins Krankenhaus musste. David verlor Gewicht. Bald sah er wieder aus wie ein College-Student: lange

Haare, brennender Blick, als käme er gerade aus einem Hörsaal in Amherst.

Im Juni 2008 sollten seine Eltern zu Besuch kommen. Als Sally mit ihrem Sohn telefonierte, sagte er: »Ich kann's kaum erwarten, das wird herrlich, wir werden eine Menge Spaß haben.« Am nächsten Tag rief er an und sagte: »Mom, ich muss dich um zwei Gefallen bitten. Kannst du bitte nicht kommen?« Sie versprach es ihm. Dann sagte er: »Kannst du deswegen bitte nicht böse sein?«

Kein Mittel hatte geholfen, die Depression wollte nicht weichen. »Nach diesem Höllenjahr für David beschlossen sie, ihm wieder Nardil zu geben«, so Sally. Da das Medikament erst nach Wochen anfängt zu wirken, erhielt er außerdem zwölf Elektroschock-Behandlungen, von denen sein Vater sagt: »Sie waren einfach brutal und zeigten, wie schlimm es um ihn stand.«

Wallace hatte immer furchtbar Angst vor Elektroschocks gehabt, die Ernest Hemingway ruiniert hatten. »So etwas jagt mir eine Scheißangst ein«, gestand er 1996. »Mein Gehirn ist alles, was ich habe. Aber ich weiß, dass es einen Punkt geben kann, an dem man darum bettelt.«

Ende Juni begann Franzen, der in Berlin zu Gast war, sich Sorgen um seinen Freund zu machen: »Einmal wachte ich sogar nachts auf. Unsere Kommunikation unterlag einem bestimmten Rhythmus, und ich dachte: ›Ich habe schon zu lange nichts mehr von Dave gehört.‹« Als Franzen anrief, bat Karen ihn, sofort zu kommen. David hatte versucht, sich umzubringen.

Franzen verbrachte eine Woche mit Wallace, der innerhalb eines Jahres 30 Kilo Gewicht verloren hatte. »So dünn hatte ich ihn noch nie gesehen. Und dieser Blick – verängstigt, todtraurig und ganz weit weg. Trotzdem, obwohl ihm nur noch zehn Prozent seiner Kraft geblieben waren, machte es immer noch Spaß, mit ihm zusammen zu sein.«

Sechs Wochen später bat Wallace seine Eltern, nach Kalifornien zu kommen. Das Nardil blieb wirkungslos. Bei einem Antidepressivum kann so etwas passieren: Der Patient setzt das Medikament ab, nimmt es dann wieder, aber es wirkt nicht mehr. Wallace konnte nicht mehr schlafen und traute sich kaum noch vor die Tür.

Seine Eltern blieben zehn Tage. »Er war nur noch verzweifelt«, sagt seine Mutter. »Er fürchtete, nie wieder arbeiten zu können. Er quälte sich. Wir versuchten, ihm nah zu sein, sagten, er solle noch ein wenig durchhalten, es würde alles besser werden. Er war eine lange Zeit sehr tapfer.«

Wallace und seine Eltern standen morgens um sechs auf und gingen mit den Hunden spazieren. Sally kochte seine Lieblingsgerichte. »Wir sagten ihm immer wieder: ›Wir sind so froh, dass du am Leben bist.‹ Aber ich glaube, er war schon dabei, diese Welt zu verlassen. Er konnte es einfach nicht mehr ertragen.«

Ende August rief Franzen noch einmal an. Den ganzen Sommer lang hatte er David versichert, die Situation sei zwar schlimm, aber alles würde besser werden, besser als je zuvor. David sagte dann: »Red weiter – das hilft.«

Doch dieses Mal half es nicht mehr. »Er war weit weit weg«, so Franzen.

Wenige Wochen später ließ Karen ihn ein paar Stunden mit den Hunden allein. Als sie zurückkam, hatte er sich erhängt.

»Ich kriege dieses Bild nicht aus meinem Kopf heraus«, sagt seine Schwester. »David und seine Hunde. Ich bin sicher, er hat sie auf die Schnauze geküsst und ihnen gesagt, wie leid es ihm tut.«

JONATHAN **FRANZEN**

INFORMELLE
BEMERKUNGEN

**ANLÄSSLICH DER
GEDENKFEIERLICHKEITEN
FÜR DAVID FOSTER WALLACE
AM 23. OKTOBER 2008
IN NEW YORK CITY**

WIE VIELE SCHRIFTSTELLER, aber mehr noch als die meisten, hatte Dave gern alles unter Kontrolle. Chaotische gesellschaftliche Anlässe stressten ihn schnell. Ganze zweimal habe ich ihn ohne Karen auf einer Party gesehen. Zu der einen, die Adam Begley gab, musste ich ihn fast mit Gewalt zerren, und kaum waren wir durch die Haustür, kaum ließ ich ihn nur kurz aus den Augen, machte er auf dem Absatz kehrt und ging zurück in meine Wohnung, um dort Tabak zu kauen und ein Buch zu lesen. Bei der zweiten blieb ihm nichts anderes übrig als zu bleiben, denn sie fand zur Feier des Erscheinens von *Infinite Jest* statt. Er überstand sie, indem er sich immerzu und mit schmerzlich übertriebener Förmlichkeit bedankte.

Eines, was Dave zu einem außergewöhnlichen Universitätslehrer machte, war die formale Struktur dieser Tätigkeit. Innerhalb ihrer Grenzen konnte er gefahrlos aus der ihm eigenen enormen Fülle von Freundlichkeit, Weisheit und Sachverstand schöpfen. Ähnlich gefahrlos war die Struktur des Interviews. War Dave sein Gegenstand, konnte er sich entspannt auf seinen Interviewer einstellen. War er selbst der Journalist, leistete er seine beste Arbeit, wenn es ihm gelang, einen Techniker zu finden – einen Kameramann, der John McCain folgte, einen Tontechniker bei einer Radiosendung –, der beglückt war, einen gefunden zu haben, der sich ehr-

81

lich für die Mysterien seines Jobs interessierte. Dave liebte Details um ihrer selbst willen, aber Details waren auch ein Ventil für die Liebe, die sich in seinem Herzen staute: ein Weg, mit einem anderen Menschen auf einer relativ gefahrlosen Mitte in Kontakt zu treten.

Was ungefähr die Beschreibung von Literatur war, die er und ich Anfang der neunziger Jahre in unseren Gesprächen und Briefen entwickelten. Ich hatte Dave vom allerersten Brief an, den ich von ihm bekam, gemocht, doch die ersten beiden Male, als ich mich mit ihm treffen wollte, in Cambridge war das, versetzte er mich einfach. Und als wir uns dann regelmäßig sahen, waren unsere Begegnungen oft anstrengend und gehetzt – weit *weniger* vertraut als unsere Briefwechsel. Da ich ihn nun von Anfang an gemocht hatte, wollte ich ihm immer unbedingt beweisen, dass ich ganz lustig und ganz klug sein konnte, während er so eine Art hatte, auf einen Punkt in einigen Kilometern Entfernung zu starren, weswegen ich glaubte, ihm das nicht ganz vermitteln zu können. Nur wenige Dinge in meinem Leben haben mir mehr das Gefühl gegeben, etwas erreicht zu haben, als wenn ich Dave zum Lachen brachte.

Doch diese »neutrale Mitte, auf der man eine tiefe Verbindung mit einem anderen Menschen eingehen kann« – dazu, so fanden wir, war Literatur da. »Ein Weg aus der Einsamkeit heraus« war eine Formulierung, auf die wir uns einigen konnten. Und nirgendwo sonst konnte Dave seine Kontrolle totaler, fantastischer ausüben als in seiner geschriebenen Sprache. Er besaß die eindrucksvollste, die erregendste, die erfindungsreichste rhetorische Virtuosität aller lebenden Schriftsteller. Weit

draußen bei Wort Nummer 70, 100 oder 140 in einem
Satz in den Tiefen eines drei Seiten langen Absatzes voll
makabrem Humor oder irrwitzig netzartiger Bewusst-
heit roch man noch das Ozon der knisternden Präzision
seiner Satzstruktur, seines mühelosen und tonsicheren
Wechsels zwischen zehn verschiedenen Ebenen hoher,
niedriger, technischer, hipper, nerdiger, philosophischer,
volkssprachlicher, entertainerischer, mahnender, bein-
harter, untröstlicher, lyrischer Diktion. Solche Sätze,
solche Seiten waren, wenn er sie hervorzubringen ver-
mochte, ein so wahres, so gefahrloses, so glückliches Zu-
hause, wie er es in den meisten der zwanzig Jahre, die
ich ihn kannte, überhaupt nur gehabt hatte. Ich könnte
also Geschichten über die zerstrittene kleine Autotour
erzählen, die er und ich einmal unternahmen, oder ich
könnte von dem Wintergründuft erzählen, den sein
Priem in meiner kleinen Wohnung verbreitete, wenn er
bei mir war, oder auch von unseren misslichen Schach-
partien und den noch misslicheren Tennismatches, die
wir manchmal spielten – die beruhigende Struktur der
Spiele gegen die seltsamen Bruderrivalitäten, die tief
darunter brodelten –, doch im Grunde war die Haupt-
sache das Schreiben. Während der meisten Zeit, die ich
Dave kannte, war meine intensivste Interaktion mit ihm
die, als ich allein in meinem Sessel saß und Nacht für
Nacht, zehn Tage lang, das Manuskript von *Infinite Jest*
las. Es war das Buch, in dem er zum ersten Mal sich
selbst und die Welt so arrangiert hatte, wie er sie arrangiert haben wollte. Auf der mikroskopischsten Ebene
war Dave Wallace ein so penibler und präziser Inter-
punkteur von Prosa, wie je einer auf Erden war. Auf der
globalsten schuf er tausend Seiten Weltklassespaß, der,

obwohl Ton und Eigenart des Humors nie schwankten, immer weniger und weniger lustig wurde, Passage um Passage, bis man am Ende des Buchs meinte, der Titel des Buchs hätte ebenso gut *Infinite Sadness,* »Unendliche Traurigkeit«, sein können. Dave packte es wie niemand vor ihm.

Und nun hat sich dieser attraktive, brillante, witzige, freundliche Mann aus dem Mittleren Westen mit umwerfender Ehefrau, toller Nachbarschaftshilfe, toller Karriere und tollem Job an einer tollen Uni mit tollen Studenten also das Leben genommen, und wir Übrigen bleiben zurück und fragen (um aus *Infinite Jest* zu zitieren): »Lass hören, Kumpel, was hast *du* denn zu erzählen?«

Eine gute, schlichte, moderne Geschichte ginge so: »Eine reizende, talentierte Persönlichkeit war Opfer einer schweren Störung des chemischen Gleichgewichts im Gehirn. Es gab den Menschen Dave, und es gab die Krankheit, und die Krankheit tötete den Menschen so sicher, wie es Krebs getan hätte.« Diese Geschichte ist irgendwie wahr und zugleich vollkommen unzureichend. Gibt man sich mit dieser Geschichte zufrieden, braucht man die Geschichten, die Dave schrieb, nicht – schon gar nicht die vielen, vielen Geschichten, in denen die Dualität, das Getrenntsein von Mensch und Krankheit problematisiert oder gründlich verspottet wird. Ein offensichtliches Paradox ist natürlich, dass Dave sich in gewisser Hinsicht am Ende selbst mit dieser schlichten Geschichte zufriedengab und die Verbindung zu den interessanteren Geschichten, die er in der Vergangenheit geschrieben hatte und möglicherweise in der Zukunft geschrieben hätte, abbrach. Seine Suizidalität gewann die Oberhand und machte alles in der Welt der Lebenden irrelevant.

Das heißt aber nicht, dass es keine sinnvollen Geschichten mehr zu erzählen gäbe. Ich könnte zehn verschiedene Versionen davon erzählen, wie er am Abend des 12. September ankam, einige wären sehr düster, einige sehr ärgerlich für mich, und die meisten würden Daves zahlreiche Anpassungen als Erwachsener nach seinem Beinahe-Tod durch Selbstmord in seiner späteren Jugend berücksichtigen. Aber es gibt eine nicht so düstere Geschichte, von der ich weiß, dass sie wahr ist, und die ich jetzt erzählen möchte, weil es ein so großes Glück und Privileg und eine so unendlich interessante Herausforderung war, Daves Freund zu sein.

Für Leute, die gern alles unter Kontrolle haben, kann Vertrautheit schwierig werden. Vertrautheit ist anarchisch, gegenseitig und definitionsgemäß unvereinbar mit Kontrolle. Man will alles kontrollieren, weil man Angst hat, und vor rund fünf Jahren hatte Dave dann sehr spürbar keine solche Angst mehr. Das lag zum Teil daran, dass er sich hier in Pomona in guten, stabilen Verhältnissen eingerichtet hatte. Und zu einem weiteren, wirklich riesigen daran, dass er endlich einer Frau begegnete, die ihm guttat und die ihm zum ersten Mal die Möglichkeit eröffnete, ein erfüllteres, weniger rigide strukturiertes Leben zu führen. Wenn wir telefonierten, sagte er mir nun, dass er mich mochte, worauf ich plötzlich merkte, dass ich mich nicht mehr ganz so sehr anstrengen musste, ihn zum Lachen zu bringen oder zu beweisen, dass ich klug war. Karen und ich kriegten ihn tatsächlich für eine Woche nach Italien, und statt seine Tage im Hotel vor dem Fernseher zu verbringen, wie er es vielleicht noch ein paar Jahre davor getan hätte, aß er zu Mittag auf der Terrasse Tintenfisch, trottete abends mit uns auf Dinnerpartys und fand sogar Gefallen daran, mit anderen Schriftstellern locker zusammenzusitzen. Er überraschte alle, am meisten vielleicht sich selbst. Es hatte ihm richtig Spaß gemacht, und vielleicht hätte er es sogar wiederholt.

Ungefähr ein Jahr danach beschloss er, die Medikamente abzusetzen, die seinem Leben über zwanzig Jahre lang Stabilität gegeben hatten. Auch hier gibt es wieder eine Menge unterschiedlicher Geschichten darüber, warum genau er sich dazu entschieden hatte. Eines aber machte er mir sehr klar, als wir darüber sprachen, nämlich dass er die Chance haben wollte, ein normaleres Leben mit weniger irrwitziger Kontrolle und mehr normaler Freude zu führen. Die Entscheidung wuchs aus seiner Liebe zu Karen, seinem Wunsch, etwas Neues, Reiferes zu schreiben, und weil er einen kurzen Blick auf eine andersartige Zukunft geworfen hatte. Es war ein unglaublich beängstigender und mutiger Versuch von ihm, denn Dave war voller Liebe, aber auch voller Furcht – er hatte einen allzu leichten Zugang zu den Tiefen unendlicher Traurigkeit.

In dem Jahr ging es also auf und ab, im Juni hatte er eine Krise und dann einen sehr schweren Sommer. Als ich ihn im Juli sah, war er wieder dünn, wie in seiner späteren Jugend während seiner ersten großen Krise. Bei einem der letzten Male, als ich danach mit ihm sprach, im August, am Telefon, bat er mich um eine Geschichte darüber, wie es besser gehen würde. Ich wiederholte vieles von dem, was er mir in unseren Gesprächen im Lauf des vorigen Jahres gesagt hatte. Ich sagte, er sei an einem schrecklichen und gefährlichen Ort, weil er versuche, sich als Mensch und als Schriftsteller grundlegend zu verändern. Ich sagte, als er das letzte Mal Nahtod-Erfahrungen durchgemacht habe, habe er danach sehr schnell ein Buch geschrieben, das Lichtjahre entfernt von dem gewesen sei, was er vor seinem Zusammenbruch gemacht habe. Ich sagte, er sei ein sturer Kontrollfreak und Besserwisser – »Du aber auch!«, blaffte er zurück –, und ich sagte, Leute wie wir fürchteten uns so sehr davor, die Kontrolle zu lockern, dass wir uns manchmal nur dadurch zwingen könnten, uns zu öffnen und zu ändern, dass wir uns in tiefes Elend und an den Rand der Selbstzerstörung bringen. Ich sagte, er habe seine Medikamente deshalb abgesetzt, weil er wachsen und ein besseres Leben haben wolle. Ich sagte, seine besten Werke lägen noch vor ihm. Worauf er sagte: »Die Geschichte gefällt mir. Wärst du bitte so gut, mich alle vier, fünf Tage anzurufen und mir die Geschichte noch mal zu erzählen?«

Leider hatte ich nur noch einmal Gelegenheit, ihm die Geschichte zu erzählen, und da hörte er sie schon nicht mehr. Er litt scheußliche, minütliche Angst und Qualen. Als ich ihn die nächsten Male danach anrief, nahm er gar nicht mehr ab und reagierte auch nicht mehr auf Nachrichten. Er war in den Schacht der unendlichen Traurigkeit hinabgestiegen, von Geschichten nicht mehr zu erreichen, und er hat es nicht mehr rausgeschafft. Aber er hatte eine schöne, sehnsuchtsvolle Unschuld, und er hat es versucht.

Deutsch von Eike Schönfeld

TEXTNACHWEISE

Ulrich Blumenbach: Am Fuß vom Text. Aus: Schreibheft Nr. 68 (März 2007). Copyright © 2007 by Ulrich Blumenbach. Mit freundlicher Genehmigung des Autors.

Dave Eggers: Vorwort zu »Infinite Jest«. Back Bay Books 2006. Copyright © by Dave Eggers 2006. Aus dem amerikanischen Englisch von Ulrike Wasel und Klaus Timmermann. Copyright © 2009 by Verlag Kiepenheuer & Witsch. Mit freundlicher Genehmigung des Autors.

David Lipsky: Die letzten Tage des David Foster Wallace. Copyright by RollingStone, Dezember 2008. Mit freundlicher Genehmigung des Verlags.

Jonathan Franzen: Informelle Bemerkungen anlässlich der Gedenkfeierlichkeiten für David Foster Wallace am 23. Oktober 2008 in New York City. Aus: Celebrating the Life and Work of David Foster Wallace. Special volume printed in loving memory of David Foster Wallace. Copyright © 2008 by Jonathan Franzen. Aus dem amerikanischen Englisch von Eike Schönfeld. Copyright © 2009 by Verlag Kiepenheuer & Witsch. Mit freundlicher Genehmigung des Autors.

David Foster Wallace. Der Besen im System. Roman.
Deutsch von Marcus Ingendaay. Gebunden

Ein Kultroman, in dem u. a. von Wittgenstein, einem spre-
chenden Nymphensittich, einer Stadt mit den Umrissen
Jane Mansfields, einem Mann, der die Welt mit seinem Fett
füllen will, fehlgeschalteten Telefonleitungenund einem
Babynahrungsimperium die Rede ist.

»David Foster Wallace besitzt eine Vielzahl von Talenten:
ein erstaunliches Ohr für zeitgenössische Sprache, ein alt-
modisches Erzähltalent, einen schier unerschöpflichen
Erfindungsreichtum und die energische Weigerung, Kom-
promisse zu machen.« *The New York Times*

www.kiwi-verlag.de

David Foster Wallace. Vergessenheit. Storys. Gebunden
Aus dem amerikanischen Englisch von U. Blumenbach
und M. Ingendaay

In diesem neuen Erzählungsband nimmt Foster Wallace
einmal mehr mit unbarmherziger Schärfe und intelligen-
tem Witz die Deformationen der menschlichen Seele durch
das Informationszeitalter aufs Korn.

»David Foster Wallace ist so modern, dass er sich in einem
anderen Raum-Zeit-Kontinuum bewegt.« *Zadie Smith*

Kiepenheuer
& Witsch

www.kiwi-verlag.de

David Foster Wallace. In alter Vertrautheit. Storys.
Deutsch von U. Blumenbach u. M. Ingendaay. Gebunden

In seinen neuen Erzählungen nimmt er die zeitgenössische Wirklichkeit ins Visier und zeigt sich erneut als scharfer Beobachter, der gesellschaftliche Schwachstellen unbarmherzig ausschlachtet.

»Der Megageheimtipp der amerikanischen Literaturszene.« *Harald Schmidt*

www.kiwi-verlag.de

David Foster Wallace. Kleines Mädchen mit komischen
Haaren. Storys. Deutsch von Marcus Ingendaay.
Gebunden

David Foster Wallace war eine der auffälligsten Stimmen
der jungen amerikanischen Literatur. Die Vielseitigkeit seiner Themen, sein Hang zum Grotesken, sein kreativer Umgang mit Sprache und seine scharfe Beobachtungsgabe
machen das Buch zu einer aufregenden Lektüre. Das un-
glaubliche Sprachtalent des Autors, seine tollkühnen Metaphern, sein Spaß beim Verballhornen und beim Schaffen
neuer Bilder zeigt sich in allen Stories.

»Einer der wenigen Schriftsteller, der die Grenzen der zeitgenössischen Literatur erweitern kann.« *Don DeLillo*

David Foster Wallace. Kurze Interviews mit fiesen
Männern. Storys. Deutsch von Marcus Ingendaay, Clara
Drechsler, Christa Schuenke und Bernhard Robben.
Gebunden

»Geniale Geschichten? David Foster Wallace!« *Die Welt*

Die Storys beschreiben Landschaften und Geisteszustände,
die einem bekannt und zugleich gänzlich fremd vorkommen: Ob einen Jungen auf dem Sprungbrett lähmende
Angst überfällt oder eine unter Depressionen leidende Frau
auf Anraten ihrer Therapeutin alte Freunde lediglich als Be-
zugssystem sehen soll – fast fröhlich stehen die Figuren am
Abgrund und erkennen nicht, was sie treibt.

www.kiwi-verlag.de